JN113493

伊豆の御社

おやしろ

ほそやまこと
HOSOYA MAKOTO

幻冬舎 MC

伊豆の御社（おやしろ）

目次

祠

ボクの家は海から一山越えた丘の中腹にある住宅街の一画にある。住宅街とはいっても区画整理と整地を終えたばかりの空き地の目立つ山とミカン畑と野菜畑と、そして、新興の住宅街がごちゃ混ぜになった居住域で、昔ながらの山村の風景と新興住宅街の気忙しさが無理なく共存している。

その付近には手つかずの山や林や竹藪がまだあって、さほど街中でもないし、過疎の田舎でもないから煩わしい近所付き合いがあるわけでもなく、だからといって隣人にひどく冷淡なわけでもなく、皆、ほど良い距離感を保ちながら日々のつましい生活を営んでいる。

ここに越してきたばかりのころは、まだ呑み込めていない土地の様子を探索するようによく歩いた。家を出てすぐの緩い坂道を左手に折れて上ると、道は丘の頂上に通じる細い坂道に分岐する。曲がりくねったその坂道を辿ると小高い丘の頂上に着く。と、そこからは相模湾が眼下に見渡せる。

　空気の澄んだ日には左手に三浦半島、右手に伊豆半島がその突端まで淡い紫色のシルエットを浮かび上がらせ、晴れた日には三浦半島の手前に江の島が、熱海沖には新島が、遠目に沖の伊豆大島まで見渡すことが出来る。

　右手には真鶴半島が青い稜線を描いて箱根連山に繋がり、その右手には丹沢山系が連なる。その奥には雄大な富士山がそびえて、その頂上からは長い裾野が緩やかにほぼシンメトリーに広がっている。

　その丘に通じる坂道に入る少し手前に狭くて急な上り坂がある。普通に歩いて

いると気づかずに通り過ぎそうなほど細く目立たない急坂で、コンクリートを荒く打っただけの安普請はどこかの家の私道のようにも見えるから、うっかりすると見落としてしまう。

どこに通じるのかわからないその急坂を二十メートルほど上ると、道は二股に分かれる。右に行くと道の右手には四〜五軒の家があって、道はそのどこかの家の敷地内にうやむやに紛れ込んで消えてしまう。

左はもう道とはいえないほど狭い農道で、その道を辿ると、ところどころひび割れた粗末なコンクリートの普請が突然途絶えて、道は行き止まりになり、その先に小さなミカン畑が現れる。

これといった手入れもされず放置されたミカン畑は雑草が生え放題で、地面には熟し切った実が採り手もなく樹から落ちて腐乱した香を放っている。荒れたミカン畑を過ぎ、雑草と落ち葉で滑りそうな土手をよじ登ると細い木々の生い茂る雑木林が現れる。

雑木の生い茂る林に入り、木々に囲まれると、落ち葉と湿った土の匂いが鼻をつく。木々の間を縫うように歩くと、陽の光の差さない林の中はどこか懐かしい匂いがする。

方向はもうわからない。闇雲に歩き続けるともっとわからなくなる。

木々のその奥へ、山の奥へ奥へと迷い込むと流石に不安になる。来た方向を振り返るがもう戻れない。どちらに向かって歩いているのかもわからない。どうやら迷ったらしいと思い始める。

見知らぬ山中で遭難したような気分になり、ますます不安になる。しかし、ここは自宅から歩いて十分と離れていないのだからと思い直す。と、突然目の前が開けて小さな小道が現れる。道は両側に生い茂る雑木に遮られて暗い。

木々の間を縫うように下る緩い坂道には人の通った気配がない。けもの道のような狭い道には落ち葉が積もり、踏むとカサカサと音を立てる。人気はない。ただ、人の手で造られたと思しき小道を辿るのは妙な安心感がある。

それは、子供のころに辿った山の中の小道に似ていると思い、そう思うと少し安心し、この道を辿れば人里に出られると思って歩き続ける。道の勾配は徐々にきつくなる、と、歩く速度も速くなる。そんな感じで坂道を下ると、道は突然どこかの屋敷の敷地内になり、そのまま歩くと古い屋敷の庭先に入った。

山から続く小道の先に唐突に現れた大きな屋敷とその庭は個人宅の庭先といっていいのかどうか迷うほど広く、庭木も剪定され、芝も綺麗に刈られている。屋敷にもその庭先にも人気はない。

いつの間にか人の屋敷の敷地内に迷い込んだボクは何か居心地が悪く、人に見つかったら咎められるような気がして足を速めた。急ぎ足で屋敷の脇を抜けると、やがて、木造りの立派な構えの門に辿り着いた。

門の扉は開いている。その門を早足で抜けるとコンクリートを荒く打っただけの狭い私道に出た。私道は屋敷と下に見える農道を繋いでいる。細いあぜ道のような農道は舗装され、真っ直ぐに先へ先へと伸びている。

門をくぐって私道に出たところで何かに呼び止められた気がして振り返った。ふっと後ろを向いた瞬間、道の左手に小さな鳥居があることに気づいた。鳥居の奥には古い祠があって、中に何を祀ってあるのかはわからない。

立ち止まって目を凝らすボクの後ろを何かが行き過ぎた気がした。気配を感じて振り向いたが誰もいない。ふっと、また声をかけられた気がした。それは、

「よく来たね」

だったか、

「よく来れたね」

だったか、とにかくそんな意味のことだった。

声には威圧感があった。何かが背中から侵入して背筋をゾクッと這い上がるような恐怖心に駆られたボクは、追い立てられるようにその場を離れた。小走りに歩き、歩き出してからも何かが追いかけてくるような気がしてまた足を速めた。

私道に続く農道を少し歩くと、遠くに東海道線の高架橋が見えた。ここがどの辺りになるのかさっぱりわからない。振り返ると、今越えてきたと思しき小高い山が視野いっぱいに広がって大きな山に見えた。

辺りは一面の野菜畑で、向こうに見える線路の周りに住宅が立ち並んでいる。どこか見覚えのある光景だったが、家からは遠かった。距離的にも方向的にもボクの家からどうしたらその場所に出るのか、どう考えてもわからない。

ここが山の裏側から表側へ、あるいは、山の表側から裏側へ、つまり、一山越えただけで来られるところだとはどうしても思えなかったのだ。時間と空間の狭間を大急ぎで駆け抜けた気分だった。そう、時空をワープしたときの感覚だった。

こんな短い時間でずいぶん遠くまで、少し歩いただけで来るはずのないところまで来たと思い、狐に化かされたと思った。いや、昔の人が狐や狸に化かされるとは多分こういうことなのだろうと思い、何か、不思議な気分になった。

その日は遠い道のりを長い時間かけて歩いた。見慣れない場所から見慣れない道を辿って、家に着くころにはもう陽が傾いていた。見ると木造二階建ての新居は今朝出たときと同じように見える。

いつもと全く変わらないはずの風景は、しかし、日の沈んだ冷涼な空気の中で何かよそよそしく見えた。空の色、光の感覚、闇の深さ、空気の濃さとその匂い、空気の重さや時間の感覚が、心と身体に刻み込まれた記憶にあるそれとは少し違っている。

何かが違うのだ。どこか作り物のようで居心地が悪い。世界がよそよそしくなったように感じる。そんな不思議な気分は翌日か翌々日まで続き、しかし、二〜三日経つとそれが当たり前になった。

それは、それまでと変わりない暮らしに思えたが、何かが変わった。何がどう変わったのかを説明するのは難しい。ボクには祠の前を通り過ぎたあの日から変わったと思えるあとの人生があるだけで、それと比較出来る人生はないのだから、つまり、漠と変わったとしか言えないのだ。

日々の生活、それは、例えば仕事とか、周りを取り囲む人々とか、それまで当たり前に過ごしていた日常に現実感がなくなり、どこか希薄になった。それ以前の記憶が遠く霞んで、何か、夢のように思える。そして、今まで体験したことのない世界がそれに変わった。

水化学の研究を生業（なりわい）としてきたボクは、しかし、その唯物的な考え方や物事の化学的解析に興味を失い、やがて、研究室を閉じた。仕事が変わると社会への係わり方が変わる。社会への係わり方が変わると人間関係が変わる。

過去の友人知人との関係は断絶し、頻繁に行き来していたその関係は過去の印象と朧気な記憶に置き換わり、記憶の中にだけ住む、不確かな何ものかに形を変えた。やがて、生活のスタイルは別人のものになり、生き方は真逆のものになった。ボクの日常は瞬く間に変容していった。

物質主義や拝金主義的な生き方に興味がなくなり、朝と夕のプラーナヤマ（呼吸法）が日々のルーティーンになり、日に二度のヨガ（アーサナ）がそれに加わった。精神世界に傾倒し、殺生を好まなくなり、食べ物は肉食から菜食になった。やがて、夕方の瞑想が日課となり、週に一度はグループ瞑想に参加するようになった。

結果、ボクの前半生と後半生は全く違うものになり、そして、二十年が経った。振り返ると、あの祠を通り過ぎたころを境にその前と後の記憶は断絶している。それ以前の記憶は遠く希薄で、何か、別の人生のように思える。

時々、ここが本当に元いた世界なのだろうかと考えることがある。狐に化かされたようだと思ったあのときの気持ちがふと蘇る。そう、時空をワープしたときのあの不思議な感覚はいつもボクの隣にいるのだ。

十年ほど前、あの祠に行ってみようと思ったことがある。もう一度あの祠の前に立ってみたいと思ったのだ。あの古い祠に祀られていたのは何だったのだろう。あの声はいったい誰だったのだろう。行けばわかることがあるような気がした。

その日は散歩のつもりで家を出た。家を出てからふと思いついたように緩い坂道を左に折れ、二、三軒先をまた左に折れて急坂を上り、その先の二股をまた左に折れて雑草の茂った農道に分け入った。記憶ではその農道の先に時空を超える小道がある。

その小道を辿るとほんのちょっとの時間でずいぶん遠くまで行くことが出来る。その道を辿ればあの古い祠に辿り着くことが出来るのだ。もしかしたら、道はまた別の世界に通じているのかもしれない、と、妙なことを考えた。

狭い急坂は、しかし、今は雑草に覆われ、無理矢理分け入ろうとしても茂った刺草に足を取られて歩けない。足を踏み入れただけで尖った刺草の種がズボンの裾に無数に刺さった。これ以上は先に行けないと思い、数歩歩いたところで立ち止まった。

荒れたミカン畑の手前には木の看板が立っている。白いペンキ塗りの立て看板には大きな文字で〝私有地、立ち入り禁止〟とある。看板にある言葉は簡素だが、何か、有無を言わせぬ断固とした響きがあった。ボクは途方に暮れ、そして、引き返した。

翌日は山の裏手からミカン畑のある雑木林に分け入ろうと考え、家を出て昨日と反対の方角に折れた。長い坂道を下り、突き当たりを右に曲がる。少し先のトンネルをくぐると一山回り込んだ感じで隣町に入る。

これといった照明もなく、短く暗いトンネルを抜けてすぐの目立たない路地を右に折れ、どこにでもあるような住宅街に入る。路地を道なりに歩き、山と雑木林を回り込むと右側に山と雑木林に通じる細い道がある。

その道に沿ってしばらく歩くと、簡易舗装の施された道と雑木林の境が見えた。この道を辿れば山に入れると思って歩いたが、山の中腹と思しき辺りまで到達したところで舗装は唐突に途切れた。

山林に入るその手前には昨日と同じ白いペンキ塗りの看板が立っていて〝私有地、立ち入り禁止〟と書いてある。簡素なその言葉にはやはり有無を言わせぬ響きがあった。その日はずいぶん歩いたが、結局、その辺りで諦めた。

それからしばらくはその先の路地を一本一本探るように歩いた。ボクは取り憑かれたように祠への道を辿った。それは漠としていて、実際、何を知りたいのかもわからない、ただ、あの場所に行けば答えがあるような気がしたのだ。そして、それは何か大切なことに違いなかった。

朧気な記憶を頼りに山と雑木林に分け入ろうとして辛抱強く歩いたが、どの道も雑木林に分け入る手前で〝私有地、立ち入り禁止〟と書かれた立て看板に阻まれた。どの道も辛抱強く丹念に辿ったが、結局、何日か歩いて諦めた。

その翌週、今度はトンネルのある道の反対側から隣町に入ろうと考えた。朧気な記憶を頼りに祠のあった方角からあの屋敷に辿り着こうと思ったのだ。しかし、あのときに見覚えのある光景だと思ったのがどの辺りなのかがはっきりとしない。

家から不思議なほど遠かったことを漠然と憶えているだけで、それがどこなのかがどうしても思い出せないのだ。取りあえずは、その方角に行ってから畦道のような農道を探し、その道を逆に辿ってコンクリートの私道とあの屋敷と祠を探してみようと考えた。

家を出てすぐの十字路を左に折れて十分ほど歩くと小さな社があって、その脇の急坂を下ると隣町との境になる。その辺りは数日前に歩いた住宅街のずっと南で、同じ山と雑木林に面しているが距離は離れている。

その日は急坂を下ってしばらく歩き、突き当たりを左に折れ、次をまた左に折れて、数日前とは逆の方角から山と雑木林を回り込み、住宅街を真っ直ぐに突き抜ける道を山と雑木林の方角に向かって歩いた。

緩やかに上る道は狭く、継ぎ接ぎだらけの簡易舗装が施されている。道は山に近づくにつれてますます狭くなり、勾配もきつくなる。息を切らせながら歩くと、道は薄暗い雑木林の手前で唐突に途切れた。そこには白い看板が立っていて、やはり〝私有地、立ち入り禁止〟とある。ボクはまた途方に暮れ、そして、諦めた。

それから何日かは付近を歩いて、祠と木造りの門構えの屋敷と祠に通じる畦道のような農道とコンクリートの私道を探したが、それらしい場所は見当たらない。どの道を辿っても雑木林の手前で途切れて、そこにはまるで蜘蛛の巣を張り巡らせたように例の看板が待ち構えているのだ。

歩き疲れ、繰り返し現れる立て看板にも嫌気が差したころ、ふと、遠くに東海道線の高架橋が見える場所に出た。辺りは一面の野菜畑で、向こうに見える線路の周りには住宅が立ち並んでいる。

どこか見覚えのある風景に思えたが、ここがどの辺りになるのかがわからない。見渡すと畦道のような農道がずっと先まで続いている。朧気な記憶では農道の先はどこかの農家の私道に繋がっているはずだった。

取りあえずは農道の先の小高い山を目指して歩いた。道は記憶にある畦道よりもずいぶん長く感じられた。道の先にあるはずの祠も記憶の中のそれよりも遙かに遠かった。しかし、歩けば何かがあるような気がした。

歩を進めるごとに祠の記憶は現実感を失い、漠とした記憶はますます希薄になった。歩き続けているうちにあれが現実だったのか夢なのかわからなくなった。ボクは歩を速めた。

某県のある海沿いの町に、今は住む人もない家が放置されている。近所の人の話によると、この家の住人は突然この家に越してきた。男はかれこれ十数年そこに住んでいたがいつのころからか姿を見かけなくなった。

歳は七十歳前後、長身の痩せた男で、絵を描くことを生業としていたらしく、よく、キャンバスと画材を抱えて歩く姿を見たという。一人暮らしのようで、家族らしいものの姿はなく、訪れるものもなく、これといった近所付き合いもなかった。

地元役場の調査によれば男の来歴を知る者はいない。その担当者の経験則から照らして、大抵の人は生きている限り他と何らかの係わりを持つものであるから奇妙なことではあったのだが、戸籍に照らしても何の係累を辿ることも出来なかった。

住む人のない家は長い間放置され、国内法に則って持ち主不明のまま国の管理下になり、やがて、競売に付された。その後、家は取り壊されて更地になり、今は男の存在を記憶する者もいない。この世界に生きた男の痕跡はなくなった。

了

木々のささやき

コニファー

長かった離婚調停が決着し、離婚が成立した。別れた妻に幾ばくかの財産を分与し、二十年住んだ県央の海沿いのマンションを引き渡すことになり、その他にもいろいろあって引っ越すことにした。

当時、ボクは水の浄化や排水処理、水環境関連企業の技術系顧問、専門誌への寄稿を生業としていて、仕事を続けるには水を扱える小さな実験設備や駐車場や事務のスペースが必要だったから、改造やリフォームが出来ない借家やマンションに越すわけにもいかず、小さくても家を建てる必要があった。

同じ県内の西の端に小さな土地を買い、安易な注文住宅を避けて、地元の大工に頼んで木造二階建ての一戸建てを普請した。急ごしらえのわりには細かい造作に拘ったから大工仕事に手間がかかり、着工から竣工までは概ね四ヶ月ほどかかった。

前年の秋の終わりに着工し、寒い時期を経て春先に竣工したから、引っ越しは翌年の春になった。転居を決めてから土地を求めて設計や業者との打ち合わせもそこそこに着工して、竣工して、引っ越しをして、住所も電話番号も変わって、と、追い立てられるような日々が続いたので、越してからしばらくは茫然と時を過ごした。

そんな慌ただしい日々が過ぎて少し落ち着いたころ、新築祝いとして知り合いから寄せ植えの小鉢をもらった。鉢はコニファーとシダ類の一種と他の観葉樹を併せた綺麗な寄せ植えだったが、詰め込み過ぎて窮屈に見えたので分けることにした。

コニファーの苗木は見たところ杉の木に似ていて、しかし、それほど大きくない。地植えにすると大きくなって始末に困ると思ったので、そのまま鉢植えで育てることにした。

初めは観葉植物代わりのインテリアとして居間に置いたが、日当たりの良い場所だったし、水やりを欠かさなかったので苗木はどんどん大きくなる。プラスチック製の鉢はすぐに小さくなった。

常緑針葉樹でヒノキ科の一種であるコニファーは、鉢植えでは根の酸素不足で葉の先が枯れてくる。酸素を取り込みやすいよう木製の植木鉢に植え替えたが、冬場は室温が高いと葉落ちするから室内には向かない。

結局、室内に置くには大きくなり過ぎたので室外に出した。日陰に強く、庭木代わりに良いので北側のウッドデッキの端に置き、木製の鉢が小さくなると大きいものに替えた。

スギの木に似た木は外に出して二〜三年もすると小さな庭木程度の大きさに育った。この大きさの木をウッドデッキの端に均等に並べると形もいいし目隠し

にもなる。木製の鉢をもう一サイズ大きいものに替えるとき、似たサイズのコニファーを四本買い足してウッドデッキの北側に並べた。

育ち上がったコニファーが五本並ぶと、家の北側はそれなりに壮観で見栄えもする。気を良くして施肥をし、夏の間も水やりを欠かさず、まめに世話をしていると木はどんどん大きくなり、その大きさに合わせて鉢を大きくすると木はまた育ち、それを繰り返すと木はボクの背丈を優に越えるまで育った。

木が大きくなるたびに替えていた木製の鉢は、やがて、市販品で一番大きなサイズのものになった。植木鉢を替えようとしてもこれ以上のサイズはない。同じサイズの鉢に植え替えるにしても密集した根をそうとう切らないと入らない。

初めは観葉植物の代わり程度に考えていた木は、そのころには地植えの庭木程度に大きくなっていた。そうなると木も鉢も重たいから植え替えそのものが大変だし、それが五本もあると始末に負えない。

育ち上がった木は広いウッドデッキの三分の一を占領し、このままいくとその重量で華奢な造りのデッキを潰しかねない。やがて、一人では動かすことも出来なくなり、結局、ボクの手には負えなくなった。考えたあげく、近所の植木屋に処分を頼むことにした。

ボクとしては、丹精込めて育てた木だから植木屋という職業柄、どこか他に植え替えるところや再利用出来る場所があるのではないか、木を植えることを生業とする商売だから他に何か使い道があるのではないかというつもりで頼んだのだが、そのあたりの説明が足りなかったのか、人伝てに頼んだこともあってか、その意向は当の植木屋には伝わらなかった。

植木屋は頼んでから二週間ほどで来てくれた。道具を広げ始めたので、ボクは深く考えず書斎に引っ込んだ。しばらくすると、どこからともなく、

「きぃぃぃ〜」

という悲鳴が耳の奥に響いた。生木を裂くような哀しげな声は金属音に近く、人の悲鳴に似ていたが、もっと即物的で、人の悲鳴とは少し違うようにも思えた。一瞬、嫌な予感が頭を過(よ)ぎった。

椅子から立って窓から外を覗くと、植木屋がノコギリで木の幹を切っている。植木屋

は手際よく作業を進めていて、もう、四本目の木の根元にノコギリを入れている。木はその足下で切羽詰まった断末魔の叫び声をあげ続けている。

植木屋なら他に何か使い道があるだろうというつもりで頼んだことだから、まさか無残に切り倒して処分するとは思わなかったボクは心のどこかで舌打ちをし、

——しまった。

と思い、しかし、この場面で躊躇した。「木が悲鳴をあげている」と訴えても、誰にも、当の植木屋にも信じてもらえないだろう。それに作業はもう終わりかけている。

——今更止めても遅い。

そう思って、しばらく逡巡した。ボクがあれこれ迷っているうちに、植木屋は五本目の木を根元から切り倒し、階段を駆け下りたボクが玄関から外に出たときには殆どの作業を完了していた。

北側のウッドデッキとデッキ回りの景観を作り上げていた木の残骸は細かく切り刻まれ、道路脇に駐めた軽トラの荷台に積み上げられている。一仕事終えた植木屋は、やがて、幾ばくかの代金を受け取ると残骸を荷台に積んだ軽トラを運転して機嫌良く帰り、

あとには空の植木鉢が五つ残った。

——こんなつもりではなかった。

その場に呆然と立ち竦んだボクは、圧倒的な無力感に打ちのめされた。そして、こう言い聞かせた。

——これは過失だ。

グミの木

家は急な普請だったから設計も工事も設計事務所と業者任せで、玄関の配置や部屋の間取りなどじっくりと考える暇もなく、ましてや、家相判断や風水などに気を遣うこともなく、北東の玄関は〈鬼門〉として嫌われるという風説を聞いたのは既に着工してからのことだった。

そもそも、家相判断はもとより古い言い伝えや迷信めいた話はあまり気にしないほうだったし、たまたま手に入れた土地の地形上の制約や、着工後に建屋の配置や基本設計を動かすのは難しいといった事情もあって、玄関は当初の設計案通り北東向きになった。離婚や住所変更に伴う手続きは煩わしく、しばらくは生活の変化と引っ越しに伴う雑事に忙殺され、新しい環境に慣れるのにも時間がかかったから、越してしばらくは呆然と時を過ごした。しかし、移り住んで二〜三ヶ月が経つと身の回りの細かいことや住環境が気になるようになった。

少し落ち着くと竣工した木造家屋は木の香りがして気持ちが良かった。裏の玄関先と表の南側のベランダ脇にはそれぞれ四〜五坪ほどの小さな庭があった。長年のマンション暮らしで庭のない暮らしに慣れたボクには、居間や階段や寝室に漂う木のぬくもりは心地良く、庭のある生活はどこか贅沢な感じがした。

引っ越したときのまま手を入れていなかった庭は造成時の赤土がむき出しのままだったが、そのままではあまり殺風景なので、まず、芝を張って木など植えようと思い立ち、近くのホームセンターの植木売り場に出かけた。

家相判断や迷信めいた話は気にしないとはいってもどこかで気にはなっていたようで、以前、テレビで風水の専門家らしき人物が、玄関前、特に、玄関が鬼門にあたる場合は実のなる木を植えるのがいいと言っていたことを朧気ながら憶えていたボクは、少し考え、芝の苗とグミの苗木と土と堆肥と腐葉土を買い込んだ。

翌日から俄庭師となったボクは玄関先と南側のベランダ脇に芝を張り、ガレージから玄関に通じる階段を上った辺りに土と堆肥と腐植土を漉き込み、階段の上り口にある郵便ポストの脇にグミの苗木を植えた。

植えたときには小さく頼りなかった苗木の成長は思いのほか早く、季節を追うごとに大きくなっていった。玄関前は普段何気なく通り過ぎる所だから、苗木が小さいうちは全く気にならないが、ふと、気がつくとだいぶ大きくなっている。

しばらくするとまた大きくなって、やがて、ボクの背丈ほどの若木に育ち、翌年の春には緑が勢いづき、夏には鬱蒼と茂った葉が玄関前の庭の一角を占領するほどになった。

グミの木は大きくなるにつれてその存在感を増し、やがて、玄関を出入りするたびに否応なく目につくようになった。そして、そのころからボクはそのグミの木の発する妙な気のようなものに悩まされることになったのだ。

それは、曰く言いがたい感覚でとても説明しにくい、強いて言うならば〈邪気〉とでも言ったらいいのか、ボクには実をつけるその木が北東の、つまり、鬼門とされる方角から侵入する私怨や悪しき思念、有象無象の放つ邪気を一身に受け、それらの邪気を糧にして成長しているもののように思えた。

理由はよくわからなかったが、木の植わる北東はそもそも家相判断で鬼門とされる方角でもあったし、その北東は離婚や財産分与を巡って長い期間係争した元妻の住む方向でもあり、あまり思い出したくない相手の執着や怨念や恨み辛みを一身に受ける方角でもあった。

苗木から一〜二年で若木に育ったそのグミの木は、やがて、その方角のもたらす邪気や人の怨念や恨み辛みや悪意が凝縮したような存在となった。そして、ボクはその木から、何か、強い〈悪意〉のようなものを覚えるようになったのだ。

そう、それはひどく険悪な感じで、その悪意が感じさせるのは明らかな〈敵意〉だった。あるときボクは、

——このグミの木はボクが嫌いだ。

と思ったことがある。いや、そんな生易しい感覚ではない。そう、

――この木はボクを憎悪している。

と確信したのだ。そして、そのときからボクもその木を憎悪した。

やがて、ボクは玄関先で待ち構える陰険なあの植物にある種の恐怖感を覚えるようになり、その感覚は日夜ボクの神経を切り苛んだ。ボクは、

――あの木は玄関を一歩出たところにいて、この玄関を出れば顔を合わせる。そして、それはボクへの憎悪を糧に生きているような存在なのだ。

と思い、そう思い出すと玄関を出るのが怖くなり、やがて、追い詰められたような気分になった。そして、それはそんなときに起きた。


ある日、出先から帰宅して階段を上り切ったところで、ボクはグミの木の枝先に接触したのだ。薄着だったので枝先が肌に触れた。突然、バチッと何かが爆ぜるような音がして二の腕に刺されたような痛みが走った。グミの木が毒を持つという話はあまり聞かない。しかし、家の中に入るとそこは赤く腫れていた。

そのときに感じた恐怖が怖れだったのか、怒りだったのか、憎悪だったのか、それと

も、何か他の感情だったのか憶えていない。とにかく、訳のわからない恐怖を感じたボクはその生き物の処分を決めた。

それは、遅々として進まなかった離婚話が決着した直後の、まだ再婚やら入籍やらを考える心の余裕はないままサチと同居を始めたころのことで、他にも、週に二～三日は会計処理と実験設備のデータ取りのために年配の女性事務員を頼んでいた。

ボクはサチとその女性事務員にグミの木を切って投棄するように強く言った。突然、庭木の処分を指示されたサチも女性事務員もボクの唐突な言動に面くらい、一瞬、何のことかわからず、それぞれが当惑した表情を浮かべた。しかし、意味不明な恐怖に駆られ、半ばパニックに陥っていたボクはヒステリックに、

「玄関先の木を切って処分してくれ」

と繰り返すばかりで、納得のいく説明など出来るはずもなく、ましてや当惑する彼女たちの心情に配慮する余裕はなかった。

今となると、そのときのボクには敵意をむき出しにするグミの木と向き合う勇気はなかったように思う。多分、訳のわからない出来事の元凶を他の誰かに押しつけて自分だ

けは逃げたかったのだろう。

ボクは今起きた理解不能な出来事に背を向けるように階段を駆け上がり、書斎にこもり、怖ろしいあの木のことを頭から追い出して机に向かった。その日の夕方、突然、

「ぎゃぁぁ〜」

という、凄まじい悲鳴が耳の奥に響いた。

切り裂くようなその悲鳴は恐怖と怨念と恨みと憎悪と執着と、およそ人の持つ全ての悪しき感情を含んだおぞましいもので、ボクはその戦慄に満ちた叫び声に耳を押さえ、それでも止まない叫び声は頭の奥に反響した。

その悲痛な断末魔の叫びは聴覚に直接響いたのか胸の奥に感じたものかははっきりとしない。でも、それはボクを驚愕させ、覚醒させ、今、何かが起きていることに気づかせた。

ボクは立ち上がり、その甲高い悲鳴を耳の奥に感じながら、南側の書斎を出、玄関側の窓から外を覗いた。玄関に通じる階段の上り口にある郵便ポストの裏にあったグミの木はなくなり、そのあとには小さな切り株が残っている。

階段下の駐車場では、切り倒したばかりの木の残骸を切り刻んで小分けにし、車に積んでどこかに運んでいこうとする二人の姿が見えた。切り刻まれた生木のそこここに命の切れ端を残すグミの木は、弱々しく、しかし、未練がましく、恨みのこもった叫び声をあげ続けている。

その光景から目を背け、窓を背にしたボクは、今、あのおぞましい生き物を殺したのだと思い、しかし、何かホッとしたような、どこか後ろめたいような、奇妙な感覚の中に立ち竦んでいた。

バラの花

ボクは絵を描く。鉛筆画が多い。鉛筆画は精密描写に向いている。細密画はアスペルガー症候群の傾向があるボクの気質に合っている。

絵は風景画が好きで海と船をよく描く。静物も描く。草花はバラが好きだからバラの花を描く。もし、草花だけを描くのであれば、バラだけをずっと描いていたいと思う。

つまり、その程度にはバラの花が好きである。

バラの花にはいろいろなイメージがあって、月並みな表現だが、例えば、白いバラの花には清潔で清楚で無垢なイメージがあり、赤いバラの花は情熱や、激しい恋や欲情を思わせる。

黄色やオレンジやピンクや紫にもそれぞれのイメージがあるが、何といっても真紅のバラには他を圧倒する存在感がある。そして、その美しい色の裏側に、何か、貪欲で扱いにくい危うさを感じさせるのだ。

それは、ある日の朝、描き始めようとしていた真紅のバラにふと声をかけたことから始まった。最初にかけた言葉は何だったかよく憶えていない。それは多分、

「君は美しい」

とか、

「綺麗だ」

とか、

「いつまでも咲いていてほしい」

とか、そんな意味のことだろうと思う。

つまり、それはサン・テグジュペリの書く星の王子様が、彼の星に根付いたバラの花に儀礼上ささやきかけたようなごく月並みなセリフなのだが、言っている本人は真面目にそう思っているから口にする。

と、その言葉を口にした瞬間、胸の奥をふっと温かいものが過ぎるのを感じたのだ。その感覚はしばらくの間続き、やがて、温かい想いの奔流となって胸の奥に流れ込んできた。そのとき、ボクが感じたのは、

――うれしい。

という喜びの奔流だった。バラは歯の浮くようなボクのセリフに生きることの喜びを感じ、その感情を至って素朴にボクに伝えているように思えた。ボクは言葉が嘘やでまかせでない限り、バラは人の言葉を理解し、受けとめ、返してくれるものだと理解した。

細密画は2Hか3Hの薄い鉛筆でデッサンし、その上にH、HB、B、2Bと濃い鉛筆を重ねることで形や細かい陰影や単色の深みを出していく。同じデッサンだが濃さが

微妙に違うので重ねると絵に厚みが出る。しかし、細かく根気のいる作業だ。背景は3H程度の薄い鉛筆から2H、Hと重ね塗りし、HかHBからはハッチングという手法で線を重ねる。ハッチングは尖らせた鉛筆で紙を埋めるように細かい線を重ね、線と線の隙間を埋めるように線を引き、薄い線の上からB、2B、3Bと更に重ねる。細密画は線描を使わず、色も形もトーン、つまり、単色の濃淡と陰影だけで表現するから手間も暇もかかる。日に二〜三時間集中しても小さなバラの花一輪描き切るのに三週間から四週間はかかる。

毎朝言葉をかけたそのバラはボクが思うよりずっと長く生き、咲き続けてくれた。多分、三週間かそれ以上は咲き続けてくれたと思う。真紅のバラは花びらの一つ一つ、葉脈の一つ一つまで完璧に描けた。

寒い季節が過ぎてバラのつぼみが開き始めると、サチはそれを切り花にして花瓶に挿し、書斎と居間と台所の窓際に置く。時々、サチが持ち帰るバラの切り花もシンプルなガラス瓶に分けて書斎と居間と台所の窓の近くに置く。

居間と台所に置いたバラは概ね一週間、保っても十日で枯れるが、書斎の窓際にあるバラは言葉をかけると二週間から三週間、時にはそれ以上生き、美しい花を咲かせ続けてくれる。

バラを描こうと思うと、花への想いを言葉にし、真摯に、そして誠実に語りかける。バラの花は喜びと愛情に溢れた波動を返してくれる。ボクはその優しく、柔らかく、慈愛に満ちた想いの奔流が胸の奥に流れ込むのを感じ、その喜びに満ちた愛情溢れる波動で胸の奥が温かくなるのを感じる。

そんな日はバラの絵を描く数時間、時にはその日の午前中、うまくするとその日いっぱいは幸せな気分でいられるのだ。

了

不思議と出逢うところ

——ゾーン——

ヨガスタジオを営む友人にワークショップに誘われた。講師はインドのケララ州にあるヨガ（アーサナ）の流派のひとつであるシバナンダヨガのアシュラム（道場）で修行する、スワミ・マハナンダというヨガの行者ということだった。

その日は在来線と新幹線を乗り継いで最寄りの駅に着き、そこからは迎えの車に乗り換えて、片道二時間ほどで会場に着いた。民家を改造したヨガスタジオの三十畳ほどの会場はほぼ満席で、もう、三十〜四十人ほどの人が畳に座っている。

広い畳部屋の最後列には床に座れない人やお年寄り用の椅子が並べられていて、床に座るのが苦手なボクはその最後列の椅子のひとつに腰を下ろした。マハナンダさんの講話が始まった。

南ヨーロッパ生まれのマハナンダさんは、恰幅のいいイタリア人といった風貌で、生粋のインド人には見えない。その昔、バックパックひとつ担いで旅に出た欧米の若者が南インドの風土と文化に魅了されて、その土地に根を下ろしたという感じの人だった。話も生粋のヒンドゥーイズムというよりはむしろ欧米人の目から見たヒンドゥーの世界観といった内容で、ヒンドゥーの聖典であるヴェーダンタの本流に触れた感動はなかったが、その語り口は日本から見るヒンドゥーイズムの世界観と何かしら通じるところがあって、それはそれで面白い。

短い講話のあとはチャンティング（詠唱）が始まった。マハナンダさんのチャンティングはその大柄な身体を揺すってまるで民謡でも口ずさむように、時に、朗々と歌い上げる。見ているとチャンティングが好きなことがよくわかる。

陽気なイタリア人のチャンティングはその響きに酔ったように延々と続く。しかも長い。三十分経ったが終わらない。一時間経っても終わらない。一時間半経ってもまだ終わらない。いい加減嫌気が差したころ、永遠に続くかと思ったチャンティングがようやく終わった。

チャンティングが終わるとサットサンガ、自由討論が始まった。ワークショップが始まってからかなりの時間が経っていたので残り時間は少ない。何人かの聴講者が手を上げる。マハナンダさんは質問者を順番に指名し、その人の質問を聞いて丁寧に答える。質疑は概ね的を射ている。会場の最後列に座るボクは、手を上げて質問する人を後ろから見ている。そして、質問に答えるマハナンダさんを見ている。禅問答のようなやり取りが続く。

誰かが発言するとその背中にふっと光が灯る。後ろから見えるその人の背中の辺りがポッと明るくなる。会場の真ん中辺りに座る女性が話を始めると、その辺りには赤い暖色系の光がポッと灯る。

別の女性が話し始めるとその辺りは黄色い暖色系の光に包まれる。年配の男性が手を上げて発言するとその辺りは灰色の灯に包まれる。一人置いて、離れて座る若い男性が発言すると濃い青色の光がポッと灯る。

それは、まるで蛍の光のようにポッと灯ってフッと消えていく。男性が話し始めると何故か無彩色の光が灯り、女性が手を上げると暖かい暖色系の光がポッと灯る。人が変わるたびに光の色もめまぐるしく変わる。

長く単調なチャンティングのせいか、それとも、会場内の人熱(いき)れによるものか、そのときのボクはゾーンに入っていた。ここで言うゾーンというのは曰く言いがたい感覚で、何とも説明しにくい。強いて言うなら、それはランニングハイやスイミングハイの状態に似ている。

ランニングハイやスイミングハイは肉体の限界を超えて走り続けたり泳ぎ続けられる感覚だが、ゾーンは心の限界を超えた状態とでも言ったらいいのだろうか、内側と外側の境がなくなる感覚とでも言ったらいいのか、そして、時間の感覚がなくなる。

それなりに訓練を受けた人や修行をしている人ならばゾーンに入る入らないは自分の意思で制御出来るのだろうが、そうした素養もなく、それなりの修行もしていないボクにはそれは予期せぬときに突然やってくる。だから、身構える暇がない。

身構えていないから、それはごく日常の営みの中でふっとやってくる。ごく普通の出来事として起きるからボク自身はゾーンに入っていることに気づかない。そこでは日常と非日常の区別がないから、何か特別なことが起きていることにも気づかない。

やがて、その日のサットサンガ、自由討論も終わりに近づいた。前列の右端に座る女性が手を上げる。後ろから見てもかなりの年配であることがわかる。女性が何か言う。

と、その辺りに鮮やかなオレンジ色の灯がポッと灯った。

ゾーンに入ると見えないはずのものが見えたり、聞こえないはずのものが聞こえたりする。そして、時間の感覚がなくなる。しかし、ボク自身はそれを当たり前の出来事と感じるだけで、それが起きたことにも気がつかない。

何が起きても不思議と感じないから、覚めたときにはそのとき起きたことが現実に起きたことなのか、夢であったのか、錯覚なのかわからない。時に白日夢か幻を見たのかと思い、時に自分の正気を疑う。自分にも、勿論、人にも説明がつかないから、結局、忘れるか、殆どの場合、初めからなかったことにしてしまう。

そのときもそんな感じでその日の記憶から削除した。だから、それがちょっと変わった超常体験であったことはずいぶんあとになって気づいた。多分、何日か、何週間か、もしかしたら、何ヶ月か経ってからだったかもしれない。

思い出したとき、あの光は巷でよくいわれるオーラだったのだろうと思った。しかし、しばらく経ってから、あれは人伝てに聞くオーラとは少し違うなと思い始めた。その後、何回か同じようなものを見てから、それが一般にいわれているオーラや、所謂、霊能者といわれる人たちがテレビで語るオーラの形とはやはり違うと思った。

ボクの見るそれは多重に重なる光の輪ではなくて、単色の、それも短命な輝きの瞬間で、人が手を上げたり、言葉を発したり、何かの動作をするたびごとにポッと灯り、そして、消えていく。

年齢に関係なく、男性の放つ輝きが概ね無彩色か寒色で、女性の放つ輝きが明るい暖色であることも巷でいわれるオーラの色とは違っている。何回か同じようなものを見るうちに、自分は人の波動を見ているのではということにふと気がついた。

インド占星術では人の性別をパーソナリティが女性で感情の動きが女性的な女性、パーソナリティが男性で感情の動きが女性的な女性、パーソナリティが女性で感情の動きが男性的な女性、パーソナリティが女性で感情の動きが女性的な男性、パーソナリティが男性で感情の動きが女性的な男性、パーソナリティが男性で感情の動きが男性的な男性とグラデーションのように区分けする。そして、その区分けはその人の特質と不思議に合っていて、結局、人はその区分けに沿った生き方をする。

ボクの見る波動はそれに似ているように思える。つまり、あの蛍の光のような束の間の灯はその人の発するエネルギー、つまり、波動と捉えるとわかりやすいのだ。そのとき、ボクは人や行為はエネルギーで、エネルギーは波動で、波動は色として表われることを漠然と理解した。

ゾーンに入ると内側と外の世界の境界がなくなり、時間の感覚がなくなる。内と外が繋がると不思議なことがよく起きる。ミニチュアシュナウザーのビィは我が家に来てから十八年と二ヶ月生きた。そのビィが生きているときは二人でよく話をした。

ビィの誕生日は五月だ。毎年、ビィの誕生日にはちょっとしたご馳走とケーキを用意して家族で祝う。我が家の大切な行事のひとつだ。そのビィが十五歳の誕生日を迎える前の日、その日、ボクらは穏やかな春の陽だまりの中にいた。

外は晴天で、空は青く雲ひとつない。南側の窓に面した居間の絨毯の上には昼下がりの柔らかい陽光が差し込んで、目を瞑るとふっと寝込んでしまいそうになるほど暖かい。ボクは傍らのビィに、

「そろそろビィの誕生日だよ」

などと話しかける。十五歳は中型犬の平均寿命だ。取りあえずビィは、

「うん」

と言う。どこまでわかっているのかわからないから、

「歳取るってどんな感じなの」

と聞いてみる。ビィは、

「う～ん」

と、しばらく考えて、

「わからない」

と言い、また、しばらく考えて、

「でも、哀しい感じがする」

と言う。

「どうして哀しいの」

と聞くと、また、

Hosoya

「う〜ん」

と考えて、

「わからない」

と答える。しかし、ボクにはビィの言いたいことがわかるような気がしている。どこかポヤッとして掴みどころがないビィとのこんなやり取りは、しかし、はっきりとした言語で成り立っていて、意味も音声も明瞭に伝わってくる。つまり、ボクたちは会話をしている。

横にいるビィをふっと見る。と、ビィはキョトンとした表情でボクを見上げている。ふと気づくとゾーンに入っている。そんなことが何回かある。こんなときは内側と外の世界の境界がなくなり、時間の感覚がなくなる。犬と話すことにも違和感がない。

歳を取ってから絵を描き始めた。鉛筆画が多い。絵を描き始めたころは静物画が多かった。果物や食器や玩具類、特に、貝類はよく描いた。そのうち風景画を描くようになり、少し慣れてからはビィの肖像をよく描いた。

犬の肖像を描くようになって他の犬種も描いてみたいと思うようになり、モデルになる犬を探していたときにたまたま訪ねてきた知人がいた。大の愛犬家であるその女性は長年飼っていたボーダーコリーを亡くしたばかりで、死んでから数ヶ月経った今でもその喪失感から立ち直れずにいた。

女性を慰めるつもりもあってその肖像を描こうと思い立ち、生前の犬の写真を預かった。白黒のボーダーコリーだったので鉛筆で描いた。厚手のケント紙に薄い鉛筆でデッサンをし、そのデッサンに少し濃い鉛筆のデッサンを重ねる。そのデッサンにもう少し濃い鉛筆を重ねる。

しばらくは順調に描き進めたが、そのうち、左肩の部位が妙に描きにくいことに気がついた。その部位の毛並みだけがうまく描けないのだ。鉛筆の芯が引っ掛かり、毛並みがささくれ立って絵にならない。

忠実に再現しようとするのだが描けない。不思議に思い、その左肩の部位だけ消しゴムで消して何度も描き直したが、他の部位はスムーズに描けて犬の毛並みを忠実に再現出来るのに、その部分になると毛並みが荒れる。

適当に描いてしまえば、よくよく見ないとわからない程度には仕上がるのだが、描いている本人としては納得がいかない。本来であれば何でもなく描ける部位なので不思議だとも思う。しかし、描けない。

何度も消しゴムで消して描き直し、消しては描き直しを繰り返したが、やはり、うまく描けない。一応それらしくまとめたが、本人はまだ納得がいかない。試行錯誤を重ねてまた描き、描き疲れてトイレに立ったその拍子に、ふっと、語りかけるものがあるのに気がついた。

そのものは心情を切々と訴える。その犬と女性が姉妹のように育ったこと、自分がその女性と女性の母親を残して逝かなければいけなかったこと、二人を残して死ぬのがとても心残りだったこと、老いた母親が死ねばその女性がたった一人になってしまうこと、今は一人になってしまう女性の行く末がただただ気がかりなこと。そんな胸の内を切々と訴え続ける。

聞いているうちに、それが今描いているボーダーコリーの言葉であることに気がついた。気の毒に思い、それが女性へのメッセージだろうと思って一言一句を記憶した。ふと気がつくと、時間の感覚がなくなっている。ボクはゾーンに入っていた。

ボーダーコリーの肖像は何度か描き直した末に、結局、諦めて適当なところで妥協した。仕上がった肖像画を女性に渡すときに犬の死因を聞いた。左肩の悪性腫瘍ということだった。その部位がどうしても描けなかった理由がわかり、あのときの言葉がやはり死んだ犬の訴えであることを確信した。

それが犬の望みだと思い、あのときに聞こえた言葉を逐一女性に伝えた。思い出せる言葉の全てをそのまま丁寧に伝えた。初めは半信半疑で聞いていた女性の表情に哀しみの色が浮かぶのがわかった。

やがて、女性はその言葉に涙を流し、取り出したハンカチでクシャクシャになった顔と涙を拭った。ボクは犬の肖像画を抱えた女性が帰ってからふっと考えた。今更、死んだ犬の真摯な想いを伝えたところであの女性にとって何か意味があったのだろうかと思ったのだ。

実際、彼女が一人でいることやこれからも一人で生きていくであろうことは誰にも何ともしようのないことで、彼女自身にも変えようのないことなのだ。そのことで心を痛める犬の想いを伝えたことが彼女の癒やしになったのだろうかと考えた。そう思うと、何か、無力感があった。


亡くなった犬の肖像はもう一枚描いた。マサチという名の雄の秋田犬を飼っていた友人がいる。とても大切に育て、子供のように可愛がっていたが七歳半で死んだ。死因は癌だった。飼い主は八方手を尽くしたが、遺伝性の癌で手の施しようがなかった。

親しい友人の犬だったから時間をかけて丁寧に描いた。背景を濃く、犬を白抜きで描き、毛並みは薄い鉛筆とペン消しで表現し、練り消しで陰影をつけた。試行錯誤しながらでも順調に描けた。今回は何かが見えたり聞こえたりということはない。取りあえず、描くことに没頭出来た。

しばらく順調に描き進めていたが、右の脇腹を描こうとしたときに何故か手が止まった。その部位の毛並みがどうしても描けない。普通に描けば何でもなく描ける部位なので不思議だとも思うがうまく描けない。他の部位の延長だと思って描くが絵にならない。そういえば、マサチの死因は右側の臓器の悪性腫瘍と聞いている。ふと、少し前に描いたボーダーコリーを思い出して複雑な気分になった。もしかして何かメッセージがあるのだろうか、飼い主とは親しいからマサチが伝えたいことがあるなら伝えてやりたいと思った。

右の脇腹を描いたり消したり時間をかけて何度も描き直した末、よくよく見ないとわからない程度には仕上がった。概ね完成したと思った日の夜中、目覚めてトイレに立ったボクの目の前にふっと犬の集団が現れた。突然現れた犬の群れは三次元空間に投写したバーチャル映像のように無機質で実体がなかった。

それはアメリカ映画の『101匹わんちゃん』のような犬たちの集団で、大小様々な犬種の犬たちが五～六匹マサチを囲んでいる。犬たちは無言でボクを見つめている。吠えないし、何も言わない。夢かと思い、眠い目を擦ってみたが確かにそこにいる。

思い返すと身体が大きなマサチは近在の犬たちとも仲が良くて、親分肌で面倒見が良かった。公園など飼い犬が集まるといつもその群れの中心にいたという印象がある。寝ぼけ眼で用を足したボクはすぐにベッドに戻った。と、

「キャンプではあんなに仲が良かったのに」

という声が聞こえた。その夜は言葉の意味がわからず、ぼんやりと、

――いったい何のことだろう。

と考えながらそのまま寝てしまった。翌朝起きたとき、その言葉が脳裏に蘇り、

――いったい何のことだろう。

とまた思った。よくわからないまま、結局、記憶の隅に追いやった。しかし、何日か経ってからふと思い出した。

マサチが生きていたころは皆でよくキャンプに行った。富士五湖畔にドッグオーナー専用のキャンプ場があって、春から秋にかけて、特に、夏には犬連れのキャンパーたちが集まる。

森と湖に囲まれたキャンプ場には犬用の洗い場やシャワー、その他の設備が完備していて、自然の中で自由に遊べるから犬も喜ぶし飼い主も楽しめる。我が家のビィや秋田犬のマサチが生きていたころは夏になると誘い合わせてよくテントを張った。

声をかけるのは近所の犬友達で、毎年四～五組の家族が参加した。皆に声をかけたり、キャンプ場の予約を取ったり、場所を確保したり、テントやタープを張ったり、用具を

整えてバーベキューをしたりと、そうしたことの中心にいるのはいつもマサチのオーナーである友人夫婦で、二人ともマサチをよく可愛がり、仲の良い夫婦に見えた。

記憶を遡り、マサチの言葉の意味を考え、ふと、うまくいっているのだろうかと心配になった。親しいとはいえ、夫婦間のことだからあまりストレートには聞けない。絵の話にかこつけて夫である友人に遠回しに聞いてみた。と、一ヶ月ほど前に派手な夫婦喧嘩をして以来、今も冷戦状態が続いているという。

二人ともボクたちよりはずいぶん若い。まだ元気でエネルギーが有り余っているから時々派手にやり合う。マサチはおっとりとした気の優しい犬だから、夫婦喧嘩のたびにハラハラしながら見ているのだろう。

そう思いながらマサチの言葉を伝えた。その言葉を、何か、他人事のように聞いていた友人は一瞬戸惑った表情を浮かべ、すぐには返す言葉が見つからない様子で、やがて、何となく話を逸らした。

二人ともマサチのことは本当に可愛がっていた。死んで十年以上経った今でもまだマサチの夢を見るという。彼らにとってマサチの死はどれだけ時間が経っても癒やされがたい悲しみに違いない。

しかし、何年も前に死んだ犬の話だ。突然、あの世とこの世の境にいるマサヲがこんなことを言っている、あんなことを言っているなどと言われても俄には信じられない話だろう。本人たちにしてみれば半信半疑だろうし、ましてや夫婦間の話だ。他人には立ち入れない領域でもある。そう思うとやはり無力感があった。

絵を描くことは半ば強制的にゾーンに入る感覚に近いから、集中して描いているときは目に見えない何かと繋がっても不思議はない。描いている対象によっては描いているものと繋がってしまうこともある。

それが肉体を離れた存在で、この世に思いを残しているものたちであれば尚更のことである。このあたりから、ボクは肉体を離れたものを描くことにひどくストレスを感じるようになった。そして、描かなくなった。

実は、マサヲに頼まれたことはもう一つある。それはマサヲを囲んでいた犬たちの生前の飼い主にそれぞれの犬の思いを伝えてほしいということだ。言われたときはあまり深く考えずに安請け合いしたのだが、よくよく考えてみると、それぞれの犬と繋がるにはそれぞれの肖像を描かないといけない。それはそれで大仕事だ。

そもそも絵を描くには生前の写真も必要だし、大体、あの犬たちの元の飼い主もわからない。そんな事情で、結局、その約束は果たせずに終わった。

ゾーンに入ると内側と外の世界の境界がなくなり、時間の感覚がなくなる。内と外が繋がるとこんなことがよく起きる。

了

埜田さんの形見

埜田さんとは長い付き合いになる。彼の生前が十五年、死んでから十五年だから概ね三十年ほどの付き合いだ。彼とはボクが三十代の半ばのころに知り合った。

当時、ボクは趣味で始めた熱帯魚飼育に夢中で、休日になると近在の熱帯魚店に足しげく通っていた。

埜田さんはボクの住む街の隣街の熱帯魚店の店主で、その店は空前の熱帯魚ブームという当時の世相もあっていつも混んでいた。熱帯魚店の店主は多弁で、セールストークが巧みで、滑舌の良いその弁舌は商品の説明となると立て板に水だった。一旦話し出すと客が買うまでとことん話し倒す。

後に彼が語ったところによると、店に客が入ってきたら、まず、カモかどうかを見極める。彼に言わせれば、理由はともあれ店に迷い込んでくる客は大抵カモだ。意地でも買わないという客はまずいない。

次に人相、風体、服装や靴や身につけているもので財布の中身を見定める。あとは、よくわからない超能力のようなもので、その客が、今日、どの程度の買い物をするつもりなのか、幾らくらいの金を落とすつもりなのかを見極める。そして、その少し上の額を狙って口説き始める。

一旦話し始めたらあとは真剣勝負だ。ただひたすら口説き続ける。絶対に諦めない。とことん語る。客が根負けして買うまで口説き倒す。少々えげつないがこれが彼のビジネスモデルだ。ボクもその手口でずいぶんやられた。

彼の餌食になった客はその商品が何であろうと結局買わされることになるのだが、狭い店内にひとつしかないレジにはいつも客の列が出来ていて、一旦、買うと決めるとかなりの時間並ばなければならない。

そんな事情で、彼の店に行くと貴重な休日の概ね半日は潰れることになるのだが、それでも首都圏の端の小さな街の端っこにある小さな熱帯魚店の魚と商品はどれも魅力的でキラキラしていて、結局、休みの日になると懲りもせずに出かけていく。

そんなこんなしているうちにボクはその店の常連となった。スタッフとはそこそこ親しくなり、いつもレジの近くで偉そうに座っている店主とも言葉を交わす程度の顔見知りになった。一度、その彼にちょっと珍しい話を持ち込んだことがある。

当時、ボクは父の会社の子会社として他県に建設した中規模の養鶏場の経営を任されていた。養鶏場はまだ建設半ばで敷地の半分は空き地になっていたが、広い空き地は雑草の始末などの管理が大変なこともあって地元の趣味の乗馬クラブに無料で貸していた。あるとき、そのクラブのオーナーから「ポニーを入手したが乗馬には向かないので始末に困っている。誰か買ってくれる人はいないか」と相談を受けたのだ。特に心当たりはなかったが、それでも何かの話のついでに熱帯魚店の店主に話をしてみた。

雑談のつもりで話したのだが、当の店主は目を輝かせて話に乗ってきた。店主は、

「その話、断らないで一週間ほど待ってくれ」

と言う。十日ほど待って、結局、その話はまとまらなかったのだが、そのあたりからボクらは親しくなった。

しばらくしてボクは長年その経営に携わっていた父の会社を辞めた。父の会社は畜産の機械設備の設計施工を生業としていたが、ボクにとっては大学を卒業してすぐに入社

した会社で、仕事といえばそれしか知らなかった。

当時は養うべき家族も大学受験を控えた息子もいたから、それは勇気のいる、長年迷った末の決断だったが、退職したあとは時間に縛られることはなく、嫌な人間関係も、陰湿な派閥争いや足の引っ張り合いもないストレスフリーな生活が待っていた。

ボクは人生で初めて自力で呼吸していると感じていた。悩んだ末手に入れた自由は何ものにも代えがたく、何に代えても守るべきものではあったが、同時にそれは経済的困窮や生活の不安と背中合わせのものでもあった。

四十歳で無職、無収入となったボクは知り合いの編集者を頼って小説を書いたが、ライターとしての仕事は不安定で原稿料もたかが知れている。困窮したボクはかねてから考えていたビジネスモデルの実現に奔走した。

乏しい資金をやりくりして半年ほど海外を歩き、海外の人脈を頼った。そして市場に未展開で、個性的で将来性が高いと見込んだ、しかも、大資本からの参入が難しくて、小資本でも防御可能な狭いマーケットを対象としたモノポリアイテムを、ボクなりの独断と偏見で発掘し、商品を仕入れて独占販売契約を結んだ。そして、国内にその販売網を確立しようと東奔西走した。

資金も時間も限られている。一旦走り出したら体裁もプライドも捨てた。見栄も外聞もなくコネでも人脈でも何でも使った。何年か前のポニーの件を思い出し、大して親しくもなかった埜田さんを頼ったのもそのころで、門前払いを覚悟で商品サンプルを手に彼を訪ねた。

儲け話には独特の嗅覚を持つ埜田さんは、突然持ち込まれた商品を手にして少し考え、しかし、真摯に向き合った。そして、大いに乗り気になった。その日は、

「少し預からせてくれないか」

と言う彼に商品サンプルを預け、二日〜三日してからまた訪ねた。そのときには彼なりの壮大な販売計画はもう出来ていて、別室で向き合ったボクにそれを熱く語ると、

「今、進んでいる話はあるのかね」

と聞く。既にアプローチしている幾つかの販売ルートを告げると、

「その話、まだ決まってないなら前に進めるのを待ってくれないか」

と真顔で言った。唐突な話だったが、まだ話半ばだった他の商談の中断は出来ないこ

ともない。

結局、深刻な経済的苦境から抜け出すために早急に販路を開拓しなければならないボクの事情と、街外れの小さな熱帯魚店の店主で終わりたくないという彼の野心はそれまで縁もゆかりもなかったボクらを強固なビジネスパートナーとして結びつけた。そして、この結びつきはボクらの人生を変えた。

自由と引き換えに食うや食わずの経済的困窮を選んだボクの人生と、首都圏の外れに小さな店を構えて二十数年、街の小売り店主としての地歩を築いてきた埜田さんの人生は思いもかけない方向に進んでいたのだ。

企業経営や従業員とのやり取りにほとほと嫌気が差していたボクにはもう会社経営の意思はなく、人を雇う気もなく、ましてや、事業拡大の野心もなかったが、海外取引に要する信用状の開設や国内取引の都合上、便宜的に法人を立ち上げる必要があった。

埜田さんはこの機会に独自の商品を持つ観賞魚業界の問屋として全国展開したいと考えていたようで、今まで手掛けてきた熱帯魚店はそのパイロットショップとして機能させたいと考えていたらしい。結果、ビジネスパートナーとなったボクらは別々に小さな会社を立ち上げた。

一緒に仕事をしてみると、街の小さな小売店主として次々と進出してくる大型店に対峙し、長年生き残ってきた埜田さんは、一店舗の切り盛りに長けていただけではなかった。

商才があり、頭の回転が速く、機を見るに敏で、話に説得力があり、製品の発掘や開発は得意だが、ともすれば技術偏重で理想論に走りがちなボクの着想や発掘や開発を現実の市場のニーズに適合させること、既存のマーケットに流通させることには天賦の才を発揮した。

特に『埜田通信』なるダイレクトメールを発信して、全国の小売店舗に、独特の語り口で商品を展開していくその手法は効果的で即効性が高く、ボクの持ち込んだ商品群は瞬く間に売り上げを伸ばした。起業して間もない二つの会社の経営はすぐに軌道に乗った。

ボクらの間にはある種の役割分担があって、それはうまく機能した。その役割はボクが専門性の高いモノポリアイテムの発掘と開発を、埜田さんが市場の開拓と商品の普及を分担するという暗黙の了解で成り立っていた。そして、ボクらは互いに欠かせないビジネスパートナーとなった。

埜田さんはボクの発想と開発力を頼り、ボクは埜田さんの商才と販売力に依存したが、この役割分担のおかげで生来頑固で人間関係が苦手なボクは、周囲の人間関係や市場関係者の思惑に煩わされることなく、好きな研究や思いつく限りの製品開発に専念出来た。

結果、事務所を構えて二～三年経ったころにはボクは他の数社の商品開発を委託されるようになり、やがて、専門誌への寄稿が始まり、講演の依頼を受けるようになり、学会での研究発表を機に研究者として評価されるようになっていた。

一見、商売人風の埜田さんは商売や売り上げや利益に強い拘りを持っているように見えたが、その実、金銭には淡泊で〈宵越しの銭は持たない〉という江戸っ子気質が強く、パッと散財するその気っ風の良さは、ボクから見ると享楽主義者といった印象が強かった。

彼はその独特の嗅覚と、思い切った着想と巧みな弁舌で、営業にも広報にも、ある種、天才的なセンスを発揮したが、その利益を貯蓄や含み益や再投資に回すことはなく、稼げば思い切りよくパッと散財し、従業員にも惜しみなく与えた。

埜田さんの金の使い方はとにかく派手だった。事業を立ち上げてから瞬く間に十人ほどに膨れ上がったスタッフ全員を引き連れてインドネシアのバリ島に慰安旅行をし、その翌年からは年に一度のバリ島旅行は埜田商会の恒例行事となった。

それからほどなく今度は店の前のビルの一画を借りて支店とした。ボクの目には本店のすぐ前にもう一軒同じような店を開いてもあまり意味がないように見えたが、結局、スタッフが一人張り付いた二号店はいつ行っても閑古鳥が鳴いていて、やがて、本店の倉庫状態になった。

埜田さんはそんな結果をものともせず、今度は本店を大幅に改装し、その二階を事務所倉庫に改装し、三階の自宅をエキゾチックな雰囲気のバリ風に改装し、と息つく暇もなく設備投資し、やがて、隣街に別の店舗を借りて三号店を開いた。

傍目から見てもずいぶん乱暴に見えるその事業展開は、不動産投資や資金運用にはまるで疎いボクにもずいぶん危なっかしく思えたし、実際、彼の経営は危なっかしかった。

そのころは長年続いた空前の熱帯魚ブームが終わり、観賞魚店への客足が極端に落ちた時期で、常連客や固定客で持っていた本店はそこそこの売り上げを維持していたものの、知名度もなく、固定客もいない他の街に熱帯魚店を突然開いても新規の客を獲得出来るはずもない。

実際、大枚の借り入れを起こして設備投資し、優秀なスタッフが張り付いた三号店はいつ行っても開店休業状態で、客の入っているところを見たことがなかった。しかし、埜田さんはそれでも頑固に営業を続けた。

埜田さんが三号店を開いた隣街はボクの事務所のある街で、互いに歩いて行き来出来るところにあったから、彼は三号店に来ると時々ぶらっと歩いてボクの事務所に顔を出した。店が暇なのか、手持ち無沙汰な様子でお茶を飲み、どうでもいいような世間話を交わしてまたぶらっと帰る。

ある日、突然事務所に顔を出した彼が設備投資の資金だったか運転資金だったか、取引銀行からの貸出し審査に通らなかったとボクに訴えたことがある。普段あまり動じない彼がそのときはひどく怒っていて、しかも、動揺しているように見えた。

別々に法人を立ち上げて以来、ボクたちの間には互いの経営には口を挟まないという暗黙の了解のようなものがあって、ボクも彼の店の経営には出来るだけ干渉しないようにしてきたが、そのときはボクなりの考えを強く主張した。

銀行の査定は冷徹で、有望な顧客はＶＩＰ扱いで下にも置かないし、回収可能な案件なら幾らでも融資するが、一旦、回収出来ないと見たら見向きもしない。しかも、その判断は概ね正しいし、それが金貸し業というものだから気にすることはない。

もし、その銀行が埜田さんの事業計画を精査して金を貸さないというなら、今の事業は見込みがないと彼らが教えてくれたようなものだから、その査定を受けとめて根本から見直すか諦めたほうがいい、というようなことを言ったと思う。しかし、彼は八方手を尽くして新しい融資先を探し、結局、取引銀行を変えた。

何とかその場を凌いだ埜田さんはその後も三号店の営業を続けたが、埜田さんのその判断は傷口を大きく広げた。彼の三号店は、結局、鳴かず飛ばずのまま数ヶ月で店を閉じた。

商才に長け、商売人としての才を発揮した埜田さんは、その実、金銭感覚に疎く、資金運用や会社経営そのものには計画性も脈絡もなかった。思い返すと、本来絶好調なはずの彼とボクの事業はそのころから破綻に向けて動き始めていたのだ。

漠然とした不安を感じたボクはその後も何回かアドバイスを試みたが、生来の技術屋で、金銭感覚やマネージメントや企業経営には彼同様に疎いボクの意見は具体性と説得力に欠けていたらしく、彼の心には響かなかった。そして、彼の危なっかしい経営は続いた。

そんなときに事件が起きた。ボクの離婚話が持ち上がったのだ。離婚話は拗れに拗れて調停から裁判になった。憔悴するボクの様子を心配した埜田さんは、実家に帰った元妻を自分が迎えに行くからと言って復縁を説いたが、既に離婚を決めていたボクにはやり直す気がなかった。

慣れない一人暮らしと、なかなか進展しない離婚話に神経をすり減らしたボクは、当時手掛けていた幾つかのプロジェクトを断念し、借りていた事務所をたたみ、従業員を整理し、自宅に引きこもって必要最小限の仕事を続けた。

心配した埜田さんは何くれとなく声をかけ、ボクが体調を崩したときは近在の治療師を頼み、一週間に一度はボクを彼の自宅に招いて食事を共にし、時には近くの飲み屋に誘って四方山話をしながら酒を酌み交わした。

今思うと、それは降って湧いたような離婚話を遠巻きに眺める友人たちや、人の離婚話を面白おかしく噂する近所の住人たちや、世間体を気にする身内の者たちから孤立したボクにとっての唯一の居場所だったような気がする。人生で最も孤独なときだった。


ジャン・クレールという人がいる。二〇一〇年代の終わりに没したが、現代の霊的世界における指導者の一人として知られ、著書も翻訳本も多く、日本にもその信奉者は多い。生前は年に一度都内で講演会を開いた。

離婚騒動の最中、一度、その講演会に誘われたことがある。講演会場は都内の公会堂で、普段、こうした場所に立ち入ったことのないボクはおそるおそる会場に行ったが、二千人ほど収容出来る会場はほぼ満席だった。

ボクは主催者グループの一人である知り合いが確保してくれた会場の中ほどの通路側の席に腰を下ろした。誘われたから来たものの、そもそもこうした集まりにあまり興味も関心もなかったボクはつまらない話だったらすぐに席を立って帰ろうと考えていた。

何か、新興宗教めいた話に呼ばれたのではないかという警戒感もあった。

やがて、クレール氏の講演が始まった。都内の公会堂の広いステージの中央には白いクロスの掛かった長いテーブルが置かれていて、当のクレール氏と年配の女性の通訳が客席に向かって並んで座り、ステージの袖には司会役の女性が立っている。

正直、話の内容はよくわからなかった。面白くもないがつまらなくもない。あまり興味はないが、といって、席を立って帰るほどでもない。そのまましばらく聞いているうちにふと妙なことに気がついた。演壇のクレール氏とその横の通訳の女性の周りが眩しいほどの黄金色に輝き出したのだ。

初めはクレール氏と通訳の女性の周りだけ輝いていた黄金色の光は、やがて、ステージ全体に広がり、そのうち眩しくて見ていられないほど明るく輝き始めた。そして、直視出来ないほどのその輝きは会場全体に広がった。

初めは妙な照明だと思い、しかし、歌舞伎や見世物でもないただの講演会なのにド派手な演出をするものだと思いながら見ていたボクは、しかし、人為的なものとは思えないその輝きに当惑し、多分、照明器具の故障かハレーションが起きているのだろうと考えた。

その日の講演会はクレール氏のオーバーシャドーで終わった。このオーバーシャドーなるものを説明するのは難しい。クレール氏が会場の聴衆に手のひらをかざして意識を集中する、と、聴衆は偏在する心地良いエネルギーの奔流を浴びる。と、そんな説明でいいのかどうか……。

オーバーシャドーは概ね二十分ほど続く。普段、瞑想や禅や武道や茶道に馴染みのない、日常的に座る習慣のない一般の聴衆者に二十分の黙想は長い。しかし、二千人近い聴衆の中にその間席を立つものはいなかった。

一切の予備知識がなく、いきなり始まったオーバーシャドーなるものが何かも知らず、勿論、その経験もなかったボクは他の人々と同じく席を立たずにその心地良いエネルギーの奔流を浴びた。

講演会とオーバーシャドーが終わり、席を立ち、会場の出口に向かう聴衆に紛れて歩く途中でトイレに寄った。そのころ、ボクは長期間の離婚騒動を巡るストレスで体調を崩していて、時々感じる身体の熱っぽさと慢性的な背中の痛みに悩まされていた。

熱が引いたときの独特な感覚を覚えたのはそのトイレに立ったときのことで、その感覚は整体治療を受けた直後のあの独特な怠(だる)さに似ていたが、ふと気がつくと背中の痛みもなくなっている。多分、気のせいだろうと思い、しかし、不思議な気分に囚われた。帰りは会場を出て、その日の講演会に誘ってくれた女性と合流し、最寄りの駅まで歩いた。彼女と並んで歩きながら、何気なく、

「何故、あんなに明るくするのだろう」

と言った。女性が怪訝な表情を浮かべるのがわかった。ボクは念を押すように、

「あの黄金の光は何だったのだろう、照明が壊れたのか、ハレーションなのか」

と聞いた。そして、

「ひどく眩しかった」

と付け加えた。言葉には講演会の主催者グループの一人だった女性への苦情めいたニュアンスを込めたのだが、その言葉にふと立ち止まった女性は、ボクの顔をマジマジと見て、

「クレールさんの講演会では稀に黄金色の光を見る人がいるんです」

と真顔で話した。そして、

「クレール氏のグループが発行する機関誌にもそうした体験談を書く人がいて……」

と続けた。

女性の言葉にはボクが何か特別な超常現象を目にしたのだというニュアンスが感じられたが、その言葉にあまりピンとこなかったボクは、しかし、講演最後のオーバーシャドーが終わったあとに入ったトイレの中で身体の熱っぽさや背中の痛みが消えたこと、その感覚が整体治療を受けたあとの独特な怠さに似ていることを付け加えた。

女性は、

「治療が入ったのかも」

と、訳のわからないことを言い出した。その日、ボクは今ひとつ腑に落ちない気分で家に帰った。

その次の日だったか、次の次の日だったか埜田さんから誘いがあった。いつものように彼の家を訪ね、彼の好きな骨董と盆栽の講釈を聞き、ビールで乾杯し、極上のワインと豪華な食事で歓待された。

したたかに酔ったボクは、ふと、一昨日のクレール氏の講演会での不思議な出来事を口にした。話の内容はよく覚えていないが深い意味はなかった。それほど真剣に話したわけでもなく、酒の上の、それも、世間話のつもりで少し誇張して話した。

その夜は少々飲み過ぎたらしい。後半は何をどう話したのかもよく憶えていない。よく飲み、よく食べ、よく喋り、結局、足元がおぼつかないほど酔ってタクシーを呼んでもらって家に帰った。

翌日の朝、目が覚めたと同時に玄関のチャイムが鳴った。何かと思って玄関のドアを開けると憔悴しきった様子の埜田さんが立っている。夜型で、朝が遅いはずの彼にしてはずいぶん早い時間だ。顔色が悪く、目の下には隈が出来ている。

親しい付き合いだったが、彼が連絡もなくボクの家を訪ねるのは初めてのことだった。つい最近まで夫婦二人暮らしの、しかし、今は一人暮らしの家に招き入れると、殺風景な居間の真ん中にあるテーブルに向かい合って座った埜田さんは開口一番、

「夕べは一睡も出来なかった」

と言った。その表情は疲れ切って見えた。一晩寝ていないのがよくわかる。そして、

唐突に、

「よーく、考えてくれ」

と言い出した。そして、

「どう考えてもまともじゃないんだよ」

と付け加え、更に、念を押すように、

「金色の光が見えたとか、病気が治ったとかさあ」

と言い、少し身を乗り出すようにして、

「あんた本当に大丈夫か」

と言った。そして、

「オレだけじゃないんだよ、家内も心配してるんだよ」

と言う。

「あれは何も言わないけど、夕べは隣で寝返りばかり打っていたからね、あっちも心配で寝てないのがよくわかるんだよ」

そして、しんみりと、

「夫婦だからね、お互い口には出さないけどわかるんだよ」

と言った。

昨日はあの日の講演会で見たままを埜田さん夫婦に話した。あの黄金色の光や体調の変化がいったい何だったのかはボクにも皆目わからない。しかし、埜田さんの言葉は真に迫っていて、彼が本当に心配しているのがよくわかる。

起きたことをそのまま素直に話しただけだと思っていたボクは、しかし、この人がここまで言うのは自分が余程おかしなことを言っているからだろうと思い、実際、十歳も年上の埜田さんがここまで言うのだ、彼の言うことがまともなのだろうと思った。

ここのところ一人暮らしだから自分のことはよくわからないが、もしかして、離婚話のストレスで自分は本当におかしくなったのかもしれないと思った。埜田さんも究極はそれが言いたかったのだろうと思う。あるいは、新興宗教のようなものにハマったとでも考えたのか。

筋金入りの唯物論者であった埜田さんは、

「人生は一度きりだよ」

とよく言った。

「人が死ぬっていうのは夜中にテレビ番組が終わるときのようなものでさぁ、パッと画像が消えて、ザーッとノイズが入ってあとは何も映らない、死ぬなんてそんなものだよ」

と、自信たっぷりに語っていたものだった。つまり、埜田さんとはそういう人だった。肉眼に見えないもの、五感に感じないものは一切信じない。輪廻転生や現世や来世、ましてや、霊などという怖ろしいものの存在は金輪際認めない。彼の死生観はそんな感じのものだった。

実際、それをなるほどと思って聞いていたボクの死生観も彼のそれとあまり変わらない。戦後の物不足の物質主義的な世相の真っ只中に生まれ、拝金主義的な価値観の中を生き抜いてきたボクらは同じ世界観の中で生きていたのだ。

結局、ボクはあの黄金色の輝きは照明器具の不具合がもたらすハレーションだったのだと自分に言い聞かせた。そして、講演会の直後の体調の変化は単なる気のせいだと自分を納得させた。

その後はクレール氏のグループの人たちからは距離を置いた。彼らの説く考え方やグループの活動にも係わることはなかったし、彼らの催す瞑想会にも意識的に参加しなかった。スピリチュアルと言われる事象やオカルトや、そうしたことを信じる人々との関与は極力避けた。

しかし、年に一度都内の公会堂で行われるクレール氏の講演会には毎年行った。ボクはあの金色の輝きが照明器具の不備か過剰な照明のもたらすハレーションだと確信していたのだ。そして、それを見極めるためにその翌年もその翌々年も講演会場には通った。それは知的好奇心とはいえないある種の野次馬根性というか、覗き趣味というか、ネガティブな探究心というか、多分、自分の理解の及ばない事象は絶対に受け入れたくないという頑固な思い入れの裏返しの行動だったのかもしれない。ひとつ納得がいかないとどうしても見過ごせないボクの悪い癖だ。

しかし、その後何度講演会に行っても照明器具の不備やハレーションは確認出来なかった。ボクはステージ上のクレール氏が不思議な黄金色の輝きに包まれるのを毎回目にし、オーバーシャドーによる心地良いエネルギーの奔流に浸った。そして、それは当のクレール氏が亡くなるまで続いた。

ある日、長期滞在していたバリ島から戻った埜田さんから久しぶりに声がかかった。夕食に呼ばれたのだ。とことん凝り性の埜田さんはこのところバリ島に夢中で、初めは一〜二週間だった滞在が行くたびに長くなり、最近は一旦バリ島に行くと二〜三ヶ月は戻らない。

そこまでバリに魅せられた理由を聞くと、

「あそこでは異邦人になれるから」

などと妙に詩的なことを言う。詩心のないボクには全く意味不明な言葉だが、埜田さんが自分の感性と欲求に忠実であることはよくわかった。でなければ、店と会社を放り出して三ヶ月もバリの海岸で寝ていられない。

指定された時間に埜田さん宅を訪ねると、見慣れぬ女性が居間のテーブルに座っている。五十歳前後と思しき女性はきちっとしたスーツを着て、少し緊張気味に座っている。アットホームなその場の雰囲気に馴染めないのがよくわかる。

久しぶりに顔を合わせた奥方の智子さんによると、女性は最近通い始めたスイミングスクールで知り合った友人で、生命保険の勧誘員の仕事をしているらしい。

その日、埜田さんはその女性の担当する生命保険に入ったということらしく、夜はその女性を交えた食事の会となったのだが、どこかよそ行きの表情を崩さない女性の態度は最後まで和らぐことはなかった。

最近出来た友人とはいえ、智子さんとその女性もあまり親しいようには見えない。交わされる話の様子も打ち解けている感じがしない。何となく不自然で意図的な関係に思える。

埜田さんがその女性に妙に気を遣っているのも気になった。本来、商品である生命保険の売り手である女性が気を遣うべきはずの顧客の歓待を受け、商品である生命保険の買い手である埜田さんが売り手の女性に妙にへりくだった話し方をしていることにも妙な感じを受けた。

いつもの埜田さんらしくない。何か違和感を覚えた。この時期に唐突に出てきた生命保険の話には何か引っ掛かるものがあったのだ。久しぶりに会った埜田さんが何を考えているのか気になった。

しかし、その違和感はビールとワインの酔いに紛れて曖昧になり、結局、その夜はボクも埜田さんもしたたかに酔ってお開きとなった。その後、保険勧誘の女性とは再び会うことはなかったが、何か、釈然としない思いが残った。

そうこうしているうちに拗れに拗れた離婚話は進展し、やがて、離婚が成立した。別居から二年が経っていた。別れた元妻に幾ばくかの財産を分与し、家を明け渡したボクは同じ県内の西の外れに居を移した。

そのころ、県内に本社を置く中堅の建設会社が水環境を軸にした新事業を展開したいという話があって、ボクはその新規事業の技術顧問の職に就いた。離婚騒動が始まってから大幅に縮小していた事業は概ね閉じた。

埜田さんとの仕事は少なくなり、従来の仕事を細々と継続しているといった状態になった。住む場所も地理的に遠くなり、彼ともそう頻繁に会うことはなくなった。ボクらはつまり疎遠になった。

転居してから二～三ヶ月後に一度夫婦で訪ねてくれたことがある。埜田さんは揉めに揉めた離婚がようやく成立した祝いの品か、新築祝いか、転居の祝いか、彼の趣味の骨董の壺を土産に持って来てくれた。

当時は遅々として進まなかった離婚話が決着し、急遽決まった引っ越しと、離婚や住所変更に伴う手続きに伴う雑事に忙殺されていたから、再婚やら入籍やらを考える心の余裕はないままサチと同居を始めたころのことだった。埜田さんはそんなボクらの様子も気になっていたのだろうと思う。

ボクは一緒に暮らし始めていたサチと二人で彼らを迎え、引っ越したばかりの狭い新居を一通り案内し、四人でお茶を飲み、埜田さんは骨董品の価値がよくわからないボクに持参した壺について一通りの講釈をし、たわいもない世間話を交わした。

互いの生活も環境も仕事の状況も変わり、以前のように仕事のことや将来を熱く語り合うことはなかった。彼の経営状況が厳しいことは薄々感じていたが、ボクも長い離婚騒動の末に殆どの貯えを失い、新しい環境で新しい仕事に取り組もうとしていた時期だった。経済的には互いに厳しい状況だったが、二人ともそれを口に出すことはなかった。

ふっと言葉が途切れ、短い静寂が訪れた。木造のまだ新築の木の香りのする居間に差し込む春の柔らかい日差しの中で、時間と空間の狭間に落ち込んだような静かな時が過ぎていった。穏やかで幸せな瞬間だった。

長い苦闘の末に新しい居場所を見つけたボクの様子に心底安心した様子の埜田さんは、ホッと深いため息をつき、

「良かった、これで思い残すことはない」

と呟いた。唐突とも思えるその言葉に違和感を覚えたボクは返事に困り、

「ずいぶん大げさだな」

というようなことを言ったと思う。彼は決然と、

「これで安心して逝ける」

といった意味の言葉を重ね、どこか思い詰めた表情を浮かべて、

「オレは六十で死ぬから」

と言った。それは彼が今まで一度も見せたことのない表情だった。言葉の意味も、言い方も、妙に思い詰めたその表情も引っ掛かる。

この男、妙に頑固なところがあって、一度言い出したら人の言うことは聞かない。それは以前二号店と三号店を出したときに経験済みだから、ボクはその言葉の意味を問い詰めても諫めても意固地になるだけだろうと思って口を噤んだ。智子さんもそのあたりは心得ているらしく何も言わない。

ボクらはその話をやり過ごすようにして話題を変えた。その日、久しぶりに会ったボクらは旧交を温め、穏やかで温かく楽しい時間を過ごした。しかし、それは妙な後味の悪さが残る一日でもあった。

四十代になってからバイクに乗り始めた。若いころに観た『イージー・ライダー』というアメリカ映画の影響でアメリカンタイプの大型バイクに凝り、乗り始めると夢中になった。県央に住んでいるときはライディングクラブに所属して走ったが、県内の西に居を移したあとも月に一度は一人で長い距離を走った。

その日は三浦半島の先の城ヶ島まで走るつもりで家を出た。海沿いの道を家から東に走ると埜田さんの住む町の南をかすめるように通る。走りながら、何故か埜田さんのことが何度も頭を過ぎった。

特に会わなければいけない用事があるわけではないが、数日前に会ったときの彼の様子が妙に引っ掛かっていたのだ。彼の店に寄ろうかどうしようか迷いながら走った。何故か寄らなければいけないような気がした。それは根拠のない、しかし、強い衝動だった。

埜田さんの店と家は海岸通りから左に入った街の西の端にある。街の方向に左折して店に寄り、話し込めば二~三時間はロスすることになる。平日の、それも今のこの時間にいるかどうかもわからない。急に寄っても向こうは忙しいかもしれない。

それに、会っても何をどう話したらいいのか漠としていてはっきりしない。大体、彼が意固地になるに違いない話をどう蒸し返せばいいのか、などと思い迷っているうちに左折するタイミングを逃した。わざわざUターンして戻るほどのことでもないような気がして海沿いの道をそのまま走った。

江ノ島を通過し、鎌倉、逗子、葉山、三崎を過ぎて城ヶ島で休憩し、帰りは海岸沿いの道を逆に戻った。帰り道、埜田さんの住む街に近づいてからまた思い出した。やはり寄らなければと思った。どうしても会わなければいけない気がする。

しかし、もう夕暮れが迫っている。周りはもう薄暗い。ヘッドライトの明かりを頼りに走った。疲れていたし、これといった用事もないのにちょっと立ち寄るには時間が遅過ぎる。迷いながら走っているうちに今度は右折するタイミングを逃した。

結局、その日は寄らずに海岸沿いを走り続けた。

それから二～三日して突然分厚い封書が届いた。裏に〈埜田浩介〉とある。ふっと嫌な予感が頭の隅を過ぎった。封書を開けるとワープロで打たれてコピーされた文面の書き出しは、

『私こと埜田浩介は平成十二年四月二十六日、ワインと睡眠薬を楽しみながら還暦を一期に文字通り眠るがごとく安らかに、これまでの数々のご厚情を謝しつつ……』

とある。もともと筆まめな男だったが、電話もメールもあるのにわざわざ長文の手紙をよこすというのは妙な話だったし、いつになく他人行儀なその書き出しにも違和感があった。

同封の品やここのところの彼の言動から思い当たるふしもあって、文頭の一行目を読

んだ瞬間に直感した。自殺したのだ。形見分けのつもりなのだろう、彼がいつも身につけていた棒タイが同封されている。

それも、思いのたけを書き綴った長文をコピー印刷して死の直前に投函するといったその緻密さは、何事にも子供っぽいほど熱中した、いかにもあの男らしい用意周到な行動だった。手紙は大仰に、

『振り返れば一生無二の伴侶として私を支え続けてくれた家内云々……』

と続き、死を覚悟するに至った事の顛末、告別の儀は一切行わないこと、また、見舞いや悔みの訪問や電話は一切無用のことなどを長々と、彼らしい文章で饒舌に語り、最後は、

『さようなら』

で締められていた。ワープロで記された文面のあとにはボク宛てに、

『本当に申し訳ない、どうか悲しまないでください……』

から始まる手書きの文章が同封されていたが、心を打ち砕かれたような衝撃で読み続けることが出来ない。

茫然と、人はこんなに簡単に消えるものだろうかと思い、まさか、信じられないという気持ちと、やはり、そうだったかという気持ちが交錯し、しかし、その両方が現実ではない気がした。

何をどうしようと彼はもういないのだという事実はボクを打ちのめした。幼い日に人の死の意味を知らずに母方の祖父の死で泣きじゃくったことを除けば、その日、ボクは人の死で初めて涙を流した。

彼の死の前日に投函された封書は、彼が死んだ次の日にボクの元に届いた。今、あの遺書を冷静に読み返しても死の動機ははっきりと書かれていない。彼は饒舌に語り、くどくどと言い訳がましい文章を残したが、肝心なことは何も説明しないで死んだ。

店と会社の資金繰りに行き詰まった末の自殺というのが表向きの動機だったようにも思うが、事の真偽はわからない。しかし、結果は残された奥方や子供たちに多額の借金を残して死んだという事実が残った。

持病もあった。ざっと思い返すだけでも重度の椎間板ヘルニア、前立腺肥大、痔ろう、不整脈など、特に心臓の疾患は深刻だったようで何回も手術を繰り返している。実際、これだけの病巣を抱えていれば生きるのが面倒くさくなるというのもわかる気がする。晩年、店も会社も放り出してバリ島に入り浸っていたことや、急に思い立ったように生命保険に入ったことや、あれこれ考えると、埜田さんは意識的にか無意識にか長い時間をかけて周到に自分の死を準備していたように思える。

人には失って初めて気づくことがある。大方の場合、気づいたときにはもう遅い。ボクは埜田さんが死んで初めて彼が掛け替えのない友人であったことを実感したが、そのときはもう遅かった。

彼とは仕事仲間でもあったから日ごろ会う機会も話をすることも多かった。長い付き合いだから特別意識はしなかったが、ある時期からもしかしたらこういうのを親友というのかもしれないと思い始めた。そのころに彼は死んだ。

思い返すと彼はいつもボクの味方だった。取引先や顧客と揉めたときも、決裂したときも、いつもボクのサイドに立っていた。器用な言い訳が出来ないボクが離婚問題で身内の非難を浴びたときにも、決してぶれずにボクの味方であり続けた。

商売上ではあれだけ権謀術策に長けていた彼は、ボクに対してだけは常に誠実で裏表がなかった。彼を失って、ふと、ボクは果たして彼に誠実であり続けたのだろうか、常に味方であり続けていたのだろうかと考えた。

遺骨は彼の遺言で、バリ島で彼が常宿にしていたガゼボホテルの沖に散骨した。バリ島での散骨を終えてからは、毎年彼の命日に自宅を訪ね、仏壇に手を合わせ、線香を焚き、しばしの間智子さんと昔話にふける。

三回忌を過ぎたころ、その日も三階の自宅に上り込んだボクは仏壇の前で膝をつき、花を添え、線香を焚き、中の遺影に手を合わせた。迷わず、安らかに成仏するよう心の中で語りかけた。そして、長い時間祈った。

家に帰ってしばらくすると背筋に悪寒が奔った。首の裏側がゾクゾクするのだ。部屋を暖めても上着を羽織っても鳥肌が立つような感触が消えない。首の裏側から何かが侵入する感触、内側に異物が入るときの違和感に苛立ちながら埜田さんだと直感し、しかし、戸惑い、その侵入者に向かって、

「何もボクに憑くことはないだろう」

と抗議した。しかし、その薄気味悪い感触は消えない。

翌日、東海道線のグリーン車に乗ったら急にビールが飲みたくなった。通りかかった車内販売のカートを止め、しっかり特定の銘柄を指定して買った。健康上の理由で酒をやめて数年になる。

――最近では飲みたいと思うこともないのに。

怪訝に思いながら、ふと、ビールとワインを無上に好み、ビールは他の銘柄や発泡酒など見向きもせず、頑固にその銘柄しか飲まなかった埜田さんを思い出した。気のせいか、今日は一日おかしかった……。

祐二さんという友人がいる。所謂、霊能者である。彼に連絡を取り、除霊の方法を尋ねた。彼に教えられた通り除霊を祈願してマントラを唱えた。やがて、憑いたものの気配はなくなった。

除霊のマントラが効いたのか憑いたほうに嫌気が差したのかわからない。大体、酒もタバコも断って世捨て人のような生活を送るものの肉体は、憑くものにとってあまり居心地の良いものではないだろうから。

しかし、憑いたのが本当に埜田さんだとしたら、自殺が崇って成仏出来ず、この世を彷徨っているとしたら可哀想だと思い、祐二さんに霊との接触を頼んだ。祐二さんの霊視では憑いたのはやはり埜田さんだという話で、祐二さんはあの世に逝くよう説いたが、本人曰く、

「迎えに来たものがいるので、自分が死んだことはわかっているが逝けない」

と頑張るらしい。一旦思い込むと頑固で、人の言うことは一切聞かない男だったが、肉体から離れてもその性格は変わらないらしく、どう説得しても、

「申し訳なくて、とても自分だけ先に逝くわけにいかない。家内とほそやさん（ボク）が来るまで待って、揃ったら一緒に行く」

の一点張りらしい。ボクはちょっと不思議な気分になり、彼の言う「申し訳なくて」の意味をふと考えた。

それは残された家族に悲しい思いをさせて申し訳ないという意味なのだろうか。多額の借金を残して逝ってしまって申し訳ないという意味なのだろうか。それとも、与えられた肉体を粗末に扱い自分勝手に逝ってしまって申し訳ないと言っているのだろうか。

人生は一回限りと思い定めて周到に準備して死んだはずなのに、今、自分は肉体を離れただけで同じところをウロウロしている。破綻した事業に絶望し、あちこち壊れかけた肉体にも嫌気が差して、事業と肉体への執着から逃れようと潔く離れたと思ったら自分はまだそこにいるのだ。

そのとき、いったい彼はどんなふうに思ったのだろう。しかし、あれだけ頑固な唯物論者で、死んだらあの世も来世も過去世も、ましてや、目に見えない霊などというものは一切認めないと豪語していた埜田さんも、今は自分が死んでいることを、しかし、まだ存在していることを認めているのだ。

この不可解な出来事は今まで漠と思い描いてきたボクの死生観を決定的に変えた。あの世とこの世、輪廻転生や過去世や来世の存在を否応なく意識することになったのだ。ボクの世界観は変わった。

彼の七回忌には仏壇にあげる花を買い、彼の好きだった甘い菓子を買った。狭い駐車場に車を駐めて一階の店に顔を出し、店の脇から続く階段を三階まで上り、バリ風の調度品に統一された室内に足を踏み入れる。

待っていてくれた智子さんに勧められるまま木彫の椅子に座る。と、眉間にジーンと痺れるような衝撃が伝わる。その奇妙な感覚はボクの五感とは少し違うところに働きかけてくるのだ。そして、それはだんだん強くなる。ボクは心の中で、

――埜田さん、もう、憑くのは止めろよ。

と念を押す。穏やかに言って効き目がないときは、

――憑くのは止めろ、憑いたら二度と来ないぞ。

と凄む。一喝するのだ。と、ザワザワした何かがふっと離れる。

来て早々、見えない何かと妙なやり取りをしている来訪者に智子さんが奇妙な視線を向けるのがわかる。

ボクは慌てて平静を装い、勧められるまま仏壇の前に座り、線香をあげる。鉦を鳴らし、手を合わせ、成仏を祈り、心の中でマントラを唱える。

焼香を終え、智子さんと差し向かいで座ると、なりを顰（ひそ）めていたあのザワザワがまた近づいてくる。額に痺れるような衝撃が伝わり、それがだんだん強くなり、やがて、切

れ目なく押し寄せる。

余程言いたいことがあるのだろう。生前は賑やかな男だったが死後もずいぶん賑やかで、間断なく寄せるそのザワザワはひどく騒がしい。向かいに座る智子さんの話し声が聞こえないほどの強い波動だ。ボクはその溢れるような波動の奔流に呑み込まれそうになりながら、

――余程訴えたいことがあるんだろうな。

とまた思う。つい可哀想になり、ふっと心を向けてしまう。

溢れるようなその波動の奔流は言葉にならない。何を訴えているのかもわからない。ただ、哀しく切ない想いだけが伝わってくる。しかし、そんなやり取りを繰り返しているうちに別な次元の何かと繋がってしまったボクの意識は簡単には元に戻らない。

初めは間違いなく埜田さんのものであったそのザワザワは、埜田さん宅を離れ、車に乗り込み、街外れに差し掛かるころには誰のものともわからなくなり、結局、それからの数日間は得体の知れないザワザワの侵入に悩まされることになるのだ。

どこか別な次元と回路が繋がってしまったボクの中にはいろいろなものが出入りする。

皆、埜田さんがいる次元と同じ階層のものたちなのだが、うまく遮断しないととにかく煩わしい。

埜田さんが死んで数年が経ったそのころには、ボクは自分の見る世界が他の人の見るそれとは少し違っているらしいということは感じ始めていた。目に見えない、五感で感じられない世界があることも漠然と理解した。

今は埜田さんがあの世とこの世の境でウロウロしていることを特に不思議なことだとは思わない。ボクは得体の知れないものたちの放つ気配に悩まされながら、しかし、彼がボクに残してくれたものを漠と想った。

ボクは幼いころから物事に熱中するたちで、何をするにもゼロか百かを求める癖がある。中間がないのだ。まあ、この辺りでいいだろうという感覚がない。だから極端に走る。何でも成功か失敗かで判断し、結局、自分を追い詰める。

成人してもこの性格は変わらなくて、何事かに熱中すると周りが見えなくなる。いつも崖っぷちを歩いているから、結局、生きるか死ぬかというところまで自分を追い詰める。こういう人間にとって死は怖いがいつも手の届くところにある。

それでなくても自殺願望は強くて、死には一種の憧れがある。いつでもどうしたら楽に死ねるかなどということを漠と考えていたりする。いざとなれば死ねばいい、死ねば楽になるという安易な発想があるから、致死量の睡眠薬をいつも手元に置いていつでも死ねると自分に言い聞かせると物事に集中出来る。

精いっぱいやって駄目なら死ぬと思い定めれば前後の憂いなしに物事に向き合える気がする。ずいぶん短絡的で自分勝手な考え方だが、当の本人はそれを潔いと考えているから始末が悪い。

埜田さんは六十歳で死んだ。ボクとは十歳離れているから、ボクが五十歳のときに死んだことになるが、それがあの人の終わりではなかった。彼はそれから何年も魑魅魍魎としてこの世を彷徨うことになったのだ。

あれだけ周到に準備して、この世に何の未練も執着もなく、一見、綺麗に死んだように見える埜田さんでさえ、肉体を離れてから十五年以上も彷徨い、その間、自分が残した借金で残された妻や家族がどれだけ辛い状況で生きたのか目の当たりにした。実際、祐二さんやボクがいなければ、このあとも何十年、いや、何百年とこの世を彷徨っても不思議はなかった。

彼の死でボクが理解したのは肉体の死が終わりではないということだ。肉体を葬っても人生は終わらない。無理矢理肉体を離れても何の解決にもならない。つまり、事態は変わらないのだ。逃げたことの結果は悲惨だ。長い間一人で彷徨うことになる。

この世で成したことの結果は自分で刈り取らなければならない。多分、それが摂理なのだろう。物質世界で遭遇した事態と向き合うには〈生きる〉しか方法はないのだ。生きて向き合わなければならない。彼はそれを身をもってボクに示した。

彼の顛末を見たボクに〈死んで楽になる〉という想いはもうない。今は、自分の命を絶つのも、人の命を絶つのも摂理に反すると感じている。彼は危なっかしく生きるボクにそれを教えた。


久しぶりに祐二さんが訪ねて来た。お茶を飲みながら世間話をしていると、ふっと何かが下りてきた。祐二さんの表情が変わり、

「埜田さんだ」

と呟いた。ボクに、

「上げてほしいと言っているけど、どうする」

と聞く。埜田さんは六十歳で自殺し、その後、この世の時間の感覚でいうと十五年ほど彷徨った。この世の感覚で言うとずいぶん長い時間だ。埜田さんが唐突に何を思ったのかはわからないが、ボクはそれを考える間もなく殆ど反射的に、

「本人がそう言っているなら上げてやってくれないか」

と彼に頼んだ。三次元的に言うとそうとう深い階層に落ちていたらしく、上げるには四十分ほどかかった。待つ身の四十分はずいぶん長い。しかし、その日埜田さんは逝った。


老いて、この人生で得たものは何だったのだろうと考えるときがある。しかし、良いことも悪いことも含めて埜田さんとの思い出はその大切な宝物のひとつであったことに間違いない。それはボクが生きたことの哀しい、しかし、大切な証のひとつだ。

了

伊豆の御社（おやしろ）

神社

サチの友人にルースというアメリカ人がいる。以前、十年ほど日本に住んでいた関係で流ちょうな日本語を話す。日本へはセミナーを開く目的でよく来日し、一度来日すると長い滞在になる。外国でのホテル住まいは高くつくから滞在中はボクらの家に泊まる。

彼女の日本滞在中、一度、三人で伊豆の河津温泉に旅したことがある。河津温泉は東海道線の熱海駅から伊豆急行線の踊り子号に乗り換えて一時間ほどのところにある海沿いの温泉地で、ボクらはその温泉街でもひときわ大きなホテルに部屋を取り、豪華な食事をし、大浴場に浸かり、翌日は同じ伊豆急行線の鈍行列車で帰路についた。

鈍行に乗ったのは帰路の途上駅の近くにある神社に立ち寄りたいというルースのたっての希望で、その神社は河津温泉から四つか五つめの駅からタクシーで十分ほどのところにあるという。

ルースは、所謂、霊能者である。一応本も書いているし、ちょっと変わったヒーリングのセミナーを開き、大勢の受講者を集めている。彼女に言わせれば、弟子といえる存在も何人かいるらしい。

勿論、霊感は強い、ということなのだが、ボクに言わせれば、彼女の霊視や予知能力はいささか怪しい。ましてや、霊的治療に至っては殆どあてにならない。ルースの古い友人であるサチに言わせても、そのあたりの見解は変わらない。

ただ、彼女の霊視を話として聞くとこれが結構面白い。その朝は乗客の殆どいない車内で彼女に霊視を頼んだ。彼女は目を瞑り、二、三度ブルブルッと首を振り、意識を集中する。と、何者かにふっと憑依されるのがわかる。そして語り始める。

彼女の霊視によるとボクの魂はその昔金星から来たという。まあ、金星の落ちこぼれといったところらしい。サチの魂はどの星の落ちこぼれだったか忘れたが、前世は北欧系の人種でアイルランドに住んでいたそうだ。

そんな取り留めのない話をしているうちに電車は目的の駅に着いた。ボクたちは昼前の閑散としたターミナルを抜けてタクシーに乗り継いだ。車で十分ほど走ったところに

ある古ぼけた神社に人気はなかった。
ルースの希望で立ち寄っただけのその場所にこれといった期待はしていなかったボクは、しかし、境内に足を踏み入れた瞬間、その荘厳なたたずまいに息をのんだ。世界が一変したのだ。

そこには摩訶不思議な世界が広がっていた。薄暗い境内では無数の杉の大木が上空に伸びて空を覆い隠し、遙か冲天にそびえる木々の梢からは空のかけらのような光の断片が辛うじて差し込んでいる。
それは衝撃と言ってもいいほど神秘的な光景で、霊感の強いルースはこの場所に強い霊的エネルギーの場を感じると言う。そして、光と闇の凝縮されたその光景は霊的エネルギーなど、どこかよその世界のものと信じ込んでいたボクの心を強く捉えた。

勉強会

五十歳を過ぎてからインド占星術の勉強を始めた。その後、精神世界に惹かれて神智学に傾倒し、瞑想を始めた。東京の入谷で数人の日本人とインド人がインド人のグルを囲む勉強会があり、そのクラスにも参加した。

クラスはヒンドゥー教のマントラやインドの聖典であるバガヴァットギーターを学ぶ会で、週に一～二回開かれる。この会に参加したボクは、やがて、全てにおいて理詰めに整理、統合されたヴェーダンタの世界観に心酔していった。

ヴェーダンタはヒンドゥーの聖典であるヴェーダの最終章といわれる分野で、教室は私設、受講料は無料、参加者は皆熱心で雰囲気も良かったが、中に一人、個性が強いというか、思い込みが激しい女性がいて、この人との関係には腐心した。

この女性とは適度な距離を置くことが難しく、相手が好意を持って接してきたことがボクには過剰な干渉になり、相手への嫌悪感が生まれた。そして、そうした関係は時間が経つごとに重荷になり、やがて、ストーカーにつきまとわれているような心理状態に陥った。

勉強会に参加しても、その女性と顔を合わせるのがストレスになり、そんな関係に疲れ切ったボクは追い詰められ、やがて、些細な出来事がきっかけで衝動的に会を辞め、勉強会には行かなくなった。ヴェーダンタを学んで二年目に入っていた。心酔していたグルから、ヴェーダンタの世界観から、その知識から、学ぶ場から離れる心情は心を病むほど辛く、ボクの存在を打ち負かした。いい大人が誰に話せることでもなく、また、人に説明出来ることでもなかった。

ストレスから腸の憩室炎を発症し、二度入院した。しばらく治まっていた不安障害が再発し、人混みが怖くなり、乗り物に乗るのが怖くなり、人との関係を築くことや維持することが出来なくなった。ボクは壊れた。

深い失意の日々が続き、無為の時間が過ぎた。そんなとき、伊豆の社を思い出した。以前、ルースと行ったあの神社だ。最後にあの社に行ってからもうずいぶんになる。

心の空白や、怒りや、行き場のない感情の全てから逃げるように伊豆行きの電車に乗り、駅からタクシーを乗り継いで御社に辿り着いた。太いしめ縄の掛かった鳥居をくぐり、広い石段を上り、手を合わせて一礼し、境内に足を踏み入れた。その瞬間、

「おまえはよくやったよ」

と、そんな意味の声が聞こえた。いや、そんな意味の言葉が心を過ぎったのだ。

誰の声なのか、どこから聞こえてくるのか、本当の声なのか、錯覚なのか、幻聴なのかわからない。しかし、そんな意味の言葉が突然胸に飛び込んできたのだ。

深みのある、温かいその声から、声の主が全てを理解してくれているのがよくわかった。ズタズタになった心のどこかが破れ、涙がとめどなく溢れた。ボクは誰もいない境内で声をあげて泣いた。そして、自分がひどく傷ついていることに初めて気がついた。

そのときからその場所はボクにとって特別な場所になった。そこには何かがあると行き、何もなくても行き、ふと思い立っては行く。ざっと思い返してもずいぶん律儀に通うことになったのだ。

特に神だのみというわけではない。祈ることがあるわけでもない。だから、ご利益があるわけでもない。呼ぶものがいる。呼ばれるから足が向く。そんな感じなのだろうか。

不思議の世界

伊豆半島を縦断するローカル線の駅を出てから海を背にして山側に歩くと国道に出る。国道を左に折れ、しばらく歩いた先の信号を右に折れると、やがて、鮮やかな朱塗りの欄干が見える。小さな橋が架かる水路に水はない。

コンクリートで固められた堀とも小川ともいえない水路に架かる朱塗りの橋は目に鮮やかで、毒々しくて、そのどこか悪趣味な違和感は辺りの閑静な住宅街にはまるでそぐわない。何か、見える世界と見えない世界の結界を思わせる。

結界を越えると道は右手の方向に大きく曲がる。その道を辿ると朱塗りの鳥居が目に入る。そして、心の奥に届く声が聞こえる。それは、

「いらっしゃい」

なのか、

「よく来たね」

なのか、言葉は定かでない。でも、そんな意味のことだと思う。低いが男のものでも女のものでもないその声には包み込むような、そして、何百年何千年と歳を経たものの響きがある。

幾重にも縒った太いしめ縄が掛かる鳥居の下に立ち、石段の下から境内を見上げると、いつものあの感覚を感じ取ることが出来る。良いものとも悪いものとも決められない。

全身に鳥肌が立つような、そこに立つものを怯ませるような、そんな感じ。ただ、それは繊細で、訪れるものを拒むものではない。

立ち止まり、目を閉じて心を澄ますと胸の奥にささやきかけるものの気配が強くなる。雷に打たれるときのような衝撃に五感が痺れる。一瞬意識が遠のき、心が未知の感覚に占領される。

邪悪な感じはない。むしろ未知のエネルギーの奔流に身を任せるのは奇妙な安心感がある。やがて、陽の差さない境内に足を踏み入れるとその感覚は遠くなる。境内は突き抜けるようにそびえる木々に遮られて暗い。

神社は古い。言い伝えによれば創建は平安初期とあるだけで、詳しい起源は誰も知らない。二人や三人では抱え切れないほど太く、真っ直ぐ冲天に伸びる木々の高さと木の年輪と森の深さが人の想像を超えた悠久の時を思わせる。

地を這う苔に覆われてビロードのように滑らかな境内に人気はない。境内の隅に建つ社務所にも人の気配はなく、精霊の宿る木々の間を縫うように上る石段が遙か上の社に向かって伸びている。

境内に風はない。不規則に重なる石段は鬱蒼と茂る木々に遮られて昼間でも暗く、しんと静まり返った石段の中腹にある手水舎では、小屋の桟に掛かる沢山の手ぬぐいが強風に煽られる旗さしもののようになびいている。ふと、

——風はないのに。

と思い、不思議の世界がまた近くなったことに気づく。

ゆっくりと石段を上り、手水舎の脇に立ち、手を清め、口をすすぐ。山から引いた水は冷たい。

石段を社まで上り切ると不意の闖入者に驚いたトカゲが慌ててチョロチョロと走り出し、人気のない社の床下にもぐり込む。目を上げると、社の向こうには深い森がある。どこまで続いているのかわからない。日の光も届かない。そこは、ただ暗く深く湿っている。

ボクはポケットから取り出した小銭を正面の賽銭箱に投げ入れ、紐を引き、鈴を鳴らし、二礼二拍して手を合わせ、目を閉じると、ここに足を踏み入れてからずっと心の奥

にささやきかけるものの気配を探す。

何かの気配にふと振り返ると白いものがすーっと目の端を過ぎった。よく見ると白い蝶が糸を引くように宙を飛んで、瞬く間に御社の裏に続く巨木の間に消える。痺れるようなあの感覚がまた強くなる。

お参りを終えて石段を一歩一歩下りると境内の隅の社務所の脇に出る。境内は静かで風はない。無人の社務所の縁側に腰を下ろして御社を見上げると、手水舎の小屋の桟に掛かった白い手ぬぐいが奇妙な揺れ方をしている。

——風はないのに。

とまた思い、

——何か別のものが吹いている。

と思う。視線を境内に戻し、膝の上で指を組み、目を瞑って心の奥にささやきかけるものの気配をまた探す。長い時間座っていたように思う。ふと、心の奥に波立っていたものが凪いでいることに気づいて目を開ける。

広い苔むした境内には白い蝶が舞っている。それは精霊か妖精のように速くて、優雅で、美しく、めまぐるしい。昆虫の蝶ではない。気配か、飛び方か、どことはいえないが違う。それは、何かの化身のように透明で実体がないのだ。

静かに立ち上がり境内を横切る。石段を背にしてふっと見上げると、そびえる高木の枝を突き抜けたところに空がある。空は高木の枝の緑に囲われて抜けるように青く、そのずっと上の高みを蝶が舞っている。いや、滑空している。速い、あんな上空を蝶が飛ぶのかと思い、この世のものではないとまた思う。

鳥居の下に立つとあの痺れるような感覚がまた戻る。向き直って見上げると鬱蒼とそびえる木々の間を縫うように上る石段が上の社まで続いている。社の奥は底知れぬほど暗く、深く、人の気配を静かに拒んでいる。

土地のものの話ではこの辺りは昔から人がよく消えるという。山歩きで道を見失ったり、山菜取りで森の迷路に迷い込んだり……。

目を瞑り、遙か上の社に向かって手を合わせる。背後に微かな気配を感じて目を開け、後ろを振り向き、石段を下り始めるとふっと人が現れた。鳥居に続く石段の左の端を中年の女性が上ってくるのが見える。

ボクは軽く会釈をし、女性も会釈を返し、ボクたちはそのまま言葉を交わさず通り過ぎた。階段を下り切ったところで振り返った。誰もいなかった。石段の下から境内を見渡し、御社に続く石段をなぞるように目で追ったが女性の姿は消えていた。

人はこんなふうに消えるものだろうかとふと思い、ひどく不思議な気分になった。そして、昔の人のいう神隠しとはこれのことかとまた思った。

憑くもの

いつのころからか、朝夕、日に二回のヨガが日課になった。初めはそれぞれ十五分程度のアーサナだったのだが、始める前にマントラを唱えるようになり、自分が憑依されやすい体質だと感じたころからマントラの前に除霊を祈るようになった。

朝と夕、ヨガマットの前に即席の祭壇を設え、その中心に伊豆の御社の写真を置き、御社の写真に手を合わせて意識を集中し、除霊を祈願し、マントラを唱える。そんな習慣を欠かさないようになった。

そんな朝晩のルーティーンを重ねていると精妙な心の内側が少しずつ見えてくる。

座って意識を集中し、内側を観る。注意深く探ると何かがいるのを感じる。その何かに語りかける。

「今のボクはあなたに何も出来ない、出て行ってくれないか」

そんな意味のことを語りかける。と、その何かはすっと退去する。

意外と素直に出て行くので少し驚く。退去したあとで、そのものが取るに足りない存在であったり、思いのほか大きな存在であったりするのを感じる。もう一度内側を探る。取りあえず、何かが潜む気配はない。

その日はいつになく猥雑な気分に悩まされる。忘れかけていた雑念が心のどこかから頭をもたげ、沸々と湧き上がる猥雑なイメージが執拗に纏わり付いて脳裏から離れない。

——どうも、おかしい。

と思う。ボクの心の片隅におき火のように燻る欲望の滓なのだろうかと思う。しかし、それがボク自身の想いなのか、どこからか来る想いなのかもはっきりとしない。そして、そんな日が何日も続く。朝と晩、除霊を祈願し、マントラを唱える。

突然、薄っぺらな紙人形のような黒い影が二〜三体スッと抜けていくのがわかる。それは無気力そのもの、無感覚で何の想いも喚起させない。目を凝らすと、黒い紙を切り抜いて折った依り代のように見える。

何体か退去してもまだ違和感が残る。まだいるのかと思い、内側を探る。と、薄っぺらな紙人形のような黒い影がまた現れる。それは、風に吹かれて舞うようにボクの前に現れ、無彩色の色紙を人の形に切り取ってふっと置いただけの感じでそこにいる。

紙人形の影は居付くでもなく離れるでもなく、ヘラヘラしているばかりで実体はない。これといった存在感もなく、何の影響も及ぼさない。生きているとはいえない。といって、死んでいるともいえない。ただいるだけ。実際、毒にも薬にもならない。こんな、どうでもいいような存在がいるのだろうかと思い、何か、不思議な気分になる。

朝晩、除霊を繰り返しているといろいろなものが抜けていく。憑くものはいろいろだ。紙人形のようにヘラヘラとただ憑いているという霊もいれば、然したる抵抗もせず、こちらの説得に応じて煙のように抜けていく霊もいる。中には等身大の影のようにしがみついて頑固に居座る霊もいる。

あのものたちに形而上学的な姿や形はない。存在理由があるとも思えない。しかし、確かに存在する。そして、憑いたものに影響を与え、時に、深刻な悪影響を及ぼすこともあるのだ。

感覚を研ぎ澄ますと、何か、自分の中に自分ではないものが憑いていると思えるときがある。自分ではない何ものかに動かされている。何か、良からぬものに憑依されたと感じるときは自分なりに除霊する。

除霊を祈願し、マントラを唱える。しかし、憑いたものが強力で自分の力ではどうしようもないときがある。伊豆の御社で憑いているものを除いてほしいと初めて祈願したのは、多分、そんなときだったように思う。

社務所の縁側に座り、除霊を祈願すると、突然、心の中の何かが凄まじい勢いで上方に向かって放たれる感覚に襲われた。ボクの内側に巣くっていた何者かがボクの中から大挙して出ていく感覚、それは、天空に意識を持っていかれるような凄まじい勢いで、魂が天空に吸い上げられる恍惚感を伴う。

まるで、心の中を上から強力な掃除機で吸い上げられるような感覚が長い時間続いた。

出ていった霊体は数十体、もしかすると、数百体はあったように思う。全てが放たれたあと、しばらく、ボクは抜け殻のようにそこに座り続けていた。

それが憑依していたものの抜けていく感覚であることはわかったが、しばらく放心状態の中にいたボクは、俄には信じられない思いと、解き放たれたような解放感と、初めて味わうその爽快感、そして、こんなに大量のエネルギー寄生体に憑かれていたのかという驚きの中に浸っていた。

その日の体験が憑くものたちから完全に解放されたものだということを確信したのはそれから何日かあとのことだったように思う。解き放たれたことを実感してから、ボクは人は何か他の存在によって操られることがあるのだということを理解した。

震災直後

その日はまだ東北大震災の直後で世相は落ち着かない。東海道線と伊豆急行線のダイヤはまだ乱れていたが、概ね、正常運転に近く、駅から御社までは歩いて何とか行き着いた。

石段下の駐車場に着き、駐車場脇のトイレに入る。トイレから出ると、その駐車場に、突然マイクロバスが乗り入れてきた。選挙用の小型バスで、中には運動員と思しき人間が数人乗り込んでいる。

町議会か、何か地方議員選挙の選挙カーらしく、そこにいるのはバックパックを担いだボクだけで聴衆など誰もいないのに、何々党の何のたれべえです、と、ハンドマイクで候補者の名を連呼し、決まり文句のような選挙公約をがなり立てている。

見上げるとマイクロバスの窓からは能面のように無表情な運動員たちがボクを見下ろしているのが見える。窓際の全員がこちらを向き、皆、同じ表情をしている。何か、物の怪に憑かれたように見える。

——いったい何なんだろう。

と不思議に思う。つい先日、何万人も死んだ大震災の直後だというのに、言っていることにまるで現実感がない。経済政策がどうとか、消費税廃止がどうとかといった選挙用の決まり文句をただがなり立てている。

煩わしく、傍迷惑なその選挙カーはそのまま駐車場でどうでもいいような選挙公約をがなり立て続ける。その騒音は神社の階段を上り境内に入っても続き、社務所に座っても黙想出来ない。上の社にお参りしても騒がしくてお参りにならない。

やがて、駐車場を出た選挙カーは、その後もその付近をぐるぐる回っているらしく、スピーカーから流れる無意味な選挙公約は相変わらず騒がしい。騒音は一時間半ほど続き、結局、その日は黙想も、除霊も、お参りも諦めて立ち上がった。

騒音は、鳥居をくぐり、石段を下り、駅に向かう道を歩いて国道に出たところで聞こえなくなった。何か、とても奇妙な感じがした。御社に歓迎されていないのはわかったが、その日、御社がボクの参拝を拒んだと気づくには時間がかかった。

ここのところこんなことが続いている。しかし、その理由が何なのかが思い当たらない。

夢

夢を見た。裸の女と男が身体を重ねている夢、互いの下半身がもつれ合う。身体の輪郭はぼんやりとしていて誰だかわからない。顔もわからない。後味の悪さが残る夢だっ

た。起き抜けのまだ覚醒しきれていない頭の片隅でボーッと、

——あれは誰だったのだろう。

と考えた。考えているうちにふっと思い当たった。彼女だとわかった。そして、激しく嫉妬した。つまり、ボクとその女はそういう関係だったのだ。ボクは親子ほど年の違う女に夢中になっていた。

ボクには妙に勘の鋭いところがあって、大学を卒業してすぐに婚約した女が、そのころ勤めていた職場の同僚の浩平という名の男と今寝ている、と、突然感じたことがあった。

その感覚はとてもリアルで半日ほど続いたが、そのときは何の理由も根拠もなかったし、ボクの想像か気の迷いと思っていた。しかし、何年かあとに問いただしてみたら時期も相手もそのときに感じた通りの事実であった。

一時期付き合っていた女が彼女の元彼と接触している、と突然感じたことがあった。そのときはあまり強い感覚ではなかったので電話かメールだろうと思い、その一週間ほどあとに事の事実を聞いてみたら目を丸くして驚かれ、丁度、一週間前に元彼から連絡

があって長電話をしていたと告白されたり、と、そういった類いのことがよくある。

別に相手の浮気や不倫や心変わりの事実を問い詰めるわけでも、無理矢理告白を強いるわけでもない。話の成り行きで淡々と問うたことが全くの事実なので、聞かれた相手は驚き、あっけに取られたように事実を認め、ありのままを正直に告白する。

事実、それを聞いたときのボクは至って平静で、相手のその行為に感情的になることもなく、怒るわけでもなく、実際、そのことが原因で相手との関係が変わることもなかった。しかし、ボクは自分の持つその奇妙な能力をずっと不思議だと思ってきた。

あの夢がただの夢なのか、現実なのか、過去の出来事なのか、今起きていることなのか、近い未来起きる出来事なのかはわからない。でも、事実だろうと思った。結局、彼女に会い、夢の内容を話し、男のことを聞いた。

女は相手の男を梅ちゃんと呼んだ。本名は梅原だか梅田だかわからないが、その名を呼んだときの彼女の親しげな様子から、あの夢が正夢であることがわかった。怒りと執着が入り交じった激しい感情が湧いた。

ボクは自分と不倫関係にある女の浮気に嫉妬するという収拾のつかない感情に囚われ

ていたのだ。女はボクと別れたくないと言ったが、だからといってその梅ちゃんとやらとの関係を断つ気もないように見えた。

大方のそれがそうであるように、ボクのミッドライフクライシスは悲劇的な方向に向かっていたのだ。

喪失感

その日はタクシーが捕まらず、結局、駅から御社まで歩いた。朱塗りの鳥居をくぐり、境内に立って女とのこれからを聞いた。突然、激しい視覚的イメージが襲ってきた。天から槍が降ってくる。

槍はあとからあとから突き刺さるように襲ってきた。反射的に手のひらで顔を庇うと、

「別れなさい！」

と、強い言葉が降ってきた。やがて、

「地獄を見るよ」

と、また声が聞こえる。言葉は強い調子で、

「地獄を見るよ」

と、繰り返し聞こえる。帰ろうとすると背中から追ってくる。声は階段の下り口まで追いかけてきた。結局、その日は追い返されるようにして御社を出た。


ボクは女との連絡を断った。一ヶ月後、女からメールが届いた。漠然とした内容だったが、連絡が欲しいということだけはわかった。返信はせず、メールアドレスを変えた。その翌週、また御社を訪ねた。女への未練と喪失感を引きずっていた。社務所で黙想し、女への怒りや執着や未練が消えるよう祈る。耳元に、

「そうしたいなら、まず、こうしなさい」

という言葉が響き、いきなり指が動いた。手にした携帯の住所録を呼び出し、女の名前と電話番号と住所を表示、あっという間に消去してしまう。そして、SNSのアドレスを表示、これもあっという間に削除してしまう。止める間もない。

指が勝手に動く。携帯の操作は手際が良く、とても自分がやっているとは思えない。結局、女の名前も住所も電話番号も一切が記録から消え、女の痕跡は少なくとも朧気な

記憶以外は何もなくなった。帰りがけ、境内の端から天を見上げると、

「来週また来なさい」

と、誰のものとも知れぬ声が降ってくる。その口調は、まるで患者を見送る医者のようだと思う。

翌週も伊豆に出かける。境内に足を踏み入れた瞬間、

「よく来た、よく来た」

と声が聞こえる。うれしさに思わず手を合わせた。今日は歓迎されていると感じた。ここのところ歓迎されなかった理由もわかる気がした。

社務所の縁側に座り、女への未練や心の迷いやわだかまりを浄化した。帰りがけ、境内の端から上を見上げる。

「山は越したな」

と言われる。

「もう大丈夫だ」

という意味の言葉が聞こえる。少し安心した。

二、三日前から気持ちが荒れる。何者か、多分、女からの思念が心に良くない影響を及ぼしているように思え、思い立つように伊豆行きを決めた。昼前には御社に着く。無人のはずの社務所には神主と思しき人がいる。と、すぐに参拝者が来る。

神社の近くでは何かの工事の音がする。座ってもうるさくて黙想が出来ない。内心、歓迎されていないのかと思う。諦めてトイレに行き、先に上の社にお参りする。賽銭を投げ、手を合わせて、女からの想いを除いてほしいと祈願する。

内側から何かが抜けていくのがわかり、ふっと楽になる。そのまま社務所に下りて座ると参拝者はいなくなり、昼になって工事の音も止まる。やがて、神主と思しき人物も引き上げた。

しかし、入れ替わりのように近所から落ち葉掃除の吸引機の音がけたたましく響き始める。目を瞑っても集中出来ない。やはり歓迎されていないのかと思う。しかし、その理由がわからない。

吸引機の音が止まったのが十二時半、その後、二十分ほど黙想し、目を開けて境内に

立つ。上を見上げると、

「考え過ぎないほうがいい」

と声がする。一瞬、言葉の意味がわからない。声は、

「想いに縛られるのはもう止めなさい」

と続き、更に、

「いいかげんに、女の呪縛から解放されなさい」

と続いた。胸の内は複雑でまだ釈然としないが、御社は間違ったことは言わないだろうと思い、言葉をそのまま受け入れた。と、未練がましい想いから解放されたような気がする。何か、今日来たときに歓迎されなかった理由がわかる気がした。


毎月、携帯に非通知設定の着信履歴が残るようになった。非通知設定なので誰からのものかわからない。着信はいつもワン切りで履歴だけが残った。初めはいたずら電話の類いだろうと思ったが、何ヶ月も続く。流石に不思議だと思い始めた。

着信は毎月二十七日の早朝と決まっているので誰かからのシグナルだろうということ

は予測がついた。であれば、あの女からのものだということは想像出来た。月末になると携帯の電源を切った。それを二〜三ヶ月続けると着信はなくなった。

それから二週間ほどして御社を訪ねた。いつものように社務所で黙想し、上の社に手を合わせてから石段を下りかけると、

「これまでの経験は痛みを伴うものだったが、霊的ステージが明らかに変わったことは理解出来る」

とささやく声が聞こえた。今日の御社は多弁に語ってくれるが妙に回りくどい言い方なので意味が取りにくく、うまく斟酌出来ない。

自分の内側の声なのか外側からの声なのか判然としないが、内側の声ならばこんなに回りくどい言い方はしないだろうと思い直して社務所に戻り、また座る。黙想を終えて境内に立ち、上を見上げると、

「考えるな、自分の直感を信じてそれに従いなさい」

という言葉がまた降りてきた。

ほぼ二ヶ月ぶりに伊豆に出かける。それほど深い感慨もなく境内に入り、十五分ほど黙想する。黙想中二人連れの女性の参拝者。突然、蚊の攻勢が始まったので蚊取り線香を焚き、そのまま上の社に参拝。参拝中にまた女性の参拝者、石段を下りるときにすれ違う。

社務所に戻ってまた目を瞑り、ふと目を開けると視線の少し先に蛇がいる。地味な色の、おとなしそうな蛇が苔むした境内をおそるおそる、時々鎌首を上げながら、しかし、のんびりとした風情でゆっくり斜めに横切っていく。

蛇には進むべき方向がよくわかっていないように見えた。くねくねと這ったり、止まって鎌首を上げたり、また動いたり、見ていると、広い境内をただ彷徨っているだけのようにも見える。

その頼りなげで途方に暮れたような蛇の姿が忘れかけていたあの女の姿にふと重なった。やがて、蛇は森との境の石積みのどこかに吸い込まれるように消えて見えなくなった。ボクは何故か安心し、本当に終わったと思った。

音の怪

ボクにとっての伊豆への旅は、日常と異形の世界の丁度中間のところにあった。一ヶ月か、少なくとも二ヶ月に一回ごとの伊豆行きは仕事や日々の暮らしの延長線上にはなく、かといって、旅というにはどこか行き慣れた、日常を引きずっている感覚があった。そのころは何かといえば伊豆の御社に行っていた。嫌なことがあれば行き、怒りが収まらないと行く。心が取り留めのない迷路に迷い込んだときには日々の煩わしさの一切合切を抱えて電車に乗り、片道二時間半の旅をする。

その日は御社に着いてすぐ階段下に軽トラックが駐まった。軽トラを運転していた男は境内に入り、社務所の前に立つと慌ただしく動き回ってメモを取る。聞くと図面を書いていると言う。社務所に火災報知器を付けるらしい。

最近、子供による火の不始末があったとのことで役場の依頼を受けたとの話だった。そんなこんなで忙しく歩き回っていた男は数分で姿を消し、その後訪れる人はない。社務所の縁側に腰を下ろして目を瞑る。

秋晴れの快晴なのに境内は寒い。十五分ほど黙想し、便意を催したので階段下のトイレに立つ。和式便器しかない埃だらけの個室に入って用を足す。ズボンを上げたとき、突然、外でガサッ、ガサッという音がした。音はドサッ、ドサッとも、ザワッ、ザワッとも、ドン、ドンとも聞こえる。

誰かがドアを叩いているのかと思う。しかし、それにしてはしつこい。強風にあおられた木の枝が建物にぶつかるような音はだんだん早く、大きくなり、やがて、切羽詰まったような迫力を帯び始めた。何か、得体の知れない不安に駆られたボクは、慌ててトイレの水を流す、身づくろいをしてドアを開ける。

その途端、けたたましかった音は嘘のように消えた。ドアの外には誰もいない。右を見ても左を見ても何もない。野外トイレの周りを一渡り見回したがそれらしい人影も動物も見当たらない。風はない。空は抜けるように青く、高く、澄んでいる。

外は静かで、あの騒がしかった音の形跡はどこにもない。いったい何の騒ぎだったのだろうと怪訝に思う。しかし、けたたましかったあの音はボクの理解を超えている。どう考えても説明が出来ない。

結局、人は合理的な理解を超えたことには深く立ち入らないことになっているらしく、たまたま遭遇しても思考停止に陥るか、すぐに忘れるか、時には最初からなかったことにしてしまう。しかし、その出来事はいつまでも解けない謎としてボクの中に残った。

精神科

その日は蕎麦を食べたいと思い、サチと二人で町外れの小さな蕎麦店に入った。昼前の店内はまだ空いている。窓際の席についてから少し考えて、

「近頃のボクはおかしくないか」

と聞いてみた。向かい合わせに座るサチは、一瞬、何のことかわからない、といった怪訝な表情を浮かべながら、

「いや……」

とだけ答え、少し間を置いて、

「普通に見えるけど」

と言った。

ボクはどう考えてもおかしいと思っていた。実際、あらぬところから誰のものともわ

からない声や音が聞こえること自体が常軌を逸している。最近の自分は普通ではないと思う。

いったいあれは現実の声なのか、声だとすれば誰の声なのか、本当の音なのか、音だとすれば何の音なのか。もしかして、自分は精神に異常をきたしているのではないのか。最悪、統合失調症ということもある。思い切って、

「実は、声が聞こえるんだ」

と打ち明けた。怪訝な表情をまた浮かべて、

「何が……」

と聞き返すサチにボクは、

「伊豆の御社で……」

と話し始めた。逐一説明するのは難しかった。常識の範疇では語れないことのような気がした。いったいあの声や音が誰かからのものなのか、内側からのものなのか、幻聴なのか、確証がないまま言葉を選んで話した。

一通り話を聞き終えたサチは意外と平静に、

「でも、普通に見えるけど……」

と何度か繰り返し、やがて、そう深刻に考えることはない、といった意味のことを言った。

サチに言わせると、一緒に暮らし始めてからボクが可視化しないエネルギーを見たり、聞いたり、感じたりすることは多かったという。そのことの真偽はともかく、日頃からボクをそういった感覚が強い人間とは考えていたらしく、その日もボクの話に過剰に反応することはなかった。ボクは、

「近々精神科なり心療内科の診察を受けようと思う」

と言った。何でもいい、ここのところの理解不能な出来事の答えが欲しかったのだ。

サチは、

「それであなたの気がすむなら」

といった意味のことを言った。

精神科の医師には、

「声が聞こえるんですけど」

と訴えた。若い医師はその話を否定も肯定もせず、短く、

「そうですか……」

と言っただけでその内容に深入りしようとせず、しかし、ボクの話を聞くだけ聞いてから、

「それは統合失調症や他の精神疾患とは違います」

というようなことを言い、やがて、

「病気ではありません」

と断言した。そして、

「精神医学でも予知や霊視を認める医学者はいます」

と言い、一旦席を外すと、河合隼雄の書いたカール・グスタフ・ユングの心理学と夢分析の本を持って戻り、

「良かったら差し上げます」

と言った。しかし、本の中にボクの探していた答えはなかった。

この精神科には半年ほど通った。精神安定剤と睡眠薬を処方されたが、カウンセリングは治療とも雑談ともいえない曖昧な感じで終始し、事の核心には触れず、ボクの聞く声や音が何なのかにも触れないまま、やがて、担当医の転勤で中断した。

結局、ボクのこの奇妙な神通力は説明がつかないものとして、しかし、心の病や幻聴ではない現実のものとしてボクの一部になった。

除霊

ほぼ一ヶ月半ぶりに御社を訪れる。ここ二〜三週間、猥雑で妖しげな想念が心から離れない。過去の印象や、記憶のどこかにしまい込んでいたはずの出来事が忘れかけていた欲望を喚起して、静かな心をひどくかき乱す。

少し楽になっても、移ろう心はすぐにまた妖しげな気分に支配されてしまう。

——ちょっとおかしい。

と思い始めて二週間ほどになる。

久しぶりに訪れた神社の境内は静かで、訪れる人もない。社務所の縁側に座り、黙想に入る。目を瞑り、胸の内側に蠢(うごめ)く思念の主の除霊を祈願する。ふっと気が遠くなるような浮揚感があって何かが抜けていくのがわかる。

内側にいた何ものかが、一つ、二つ、三つと抜けていく。霊体はあまり強いものとも、あまり邪悪なものとも感じられないが、心のどこかから気味の悪い、蛇のような何ものかがヌルっと抜けていくのを感じる。

これが、あの妖しげな想念の形かと思う。軟体動物のようなそれは薄気味の悪い形状の身体をクネらせ、ネバネバした体液を滴らせながら、ボクの心のどこかに空いた穴を押し広げるようにして姿を現し、そして、抜けていく。

肥大したナメクジのようなそれは、あとからあとから出てくる。テラテラとネバッた粘液に光る身体をクネらせながら、もがくようにして穴を押し広げ、そして、どこかに消えていく。奇妙な軟体動物の身体はやがて尽き、そのあとにはポッカリと空いた歪な穴が残った。

ここ二、三日気分がふさぐ。怒りや恨み辛みの感情が強くなる。闇に引きずり込まれるような感じがある。辛い、いつもの自分ではない。早朝、電車を乗り継いで伊豆に向かった。

その日、御社の境内に参拝客の姿はなかった。社務所の縁側に座って黙想し、除霊を祈願するが、それだけではどことなく気分が晴れず、さっぱりしない。階段を上り、上の社に手を合わせる。再び除霊を祈願する。

ふと、何かが湧き上がるようにボクの中から離れるのを感じる。一瞬、蛇かと思う。それは彗星の尻尾のようなものを残して離れていった。と、内側を支配していた怒りや、恨み辛みは綺麗に跡形もなく消えていた。

薄気味悪いそれは怒りそのもの、妬みや恨みそのものとしてのそれだけの存在のように思えた。人格も何もない、怒り、妬み、嫉み、恨み、ただそれだけで他の何ものでもない何か、そんな存在があるのだ。

十年ほど前からインド占星術の鑑定をしている。正確な誕生日と場所と誕生時間を起点に分析するとよく当たる。時間をかけて丁寧に見るので鑑定の依頼は絶えない。

特にこれといった宣伝をしているわけでもなく、既に鑑定した人たちからの口コミで続けているだけなのだが、一～二週間に一人のペースで行う鑑定の予約は数ヶ月先までいっぱいということがよくある。

その日は青森から出てきた女性を鑑定した。翌朝、体調に違和感を覚えた。午後は強い睡魔に襲われて二時間ほど午睡をしたが、寝たあとも睡眠が足りた感じがしない。身体の芯に熱っぽい感覚がある。何年かぶりに開張足の症状が出て、右足が鬱血したように痛む。何故か体調が良くない。

ここのところ深刻な問題を抱えた人の鑑定が続いたので疲れているのかと思う。気持ちは穏やかで心も静か、悪しき思いや邪念、怒りや恨みの感情はないから、心に影響を与えるものの憑依とは考えなかった。

しかし、そのあと数日経っても体調は良くならない。相変わらず気持ちは穏やかで怒りや恨みの感情はないが、何かに憑かれた感覚があって、両肩にのしかかるような重苦しさを覚える。瘴気にあてられたような、何か、身体に悪い影響を及ぼすものの存在を感じる。

怒りや、恨みや、怖れや、妬みなど心に影響をもたらすものの憑依は経験しているが、心や意識にではなく、身体と健康に害をなすだけのものの憑依はあるのかと思い迷う。いったい、こうしたものが憑依なのだろうか。ただ、体調が優れないだけなのかと考える。

憑依する存在の邪悪さや、強さや、頑固さの程度は様々で、そうした憑依体は視覚的にも様々な形態を取る。そうしたものたちは、ある種、人格としてではなく、怒りは怒りとして、恨みは恨みとして、怖れは怖れとして、妬みは妬みとして、嫉妬は嫉妬として、つまり、悪しき感情そのものとして存在しているように、そして、そうした存在は似た波動を持つ人の心に取り憑くように感じる。

身体の不調や健康を害する存在は、身体と健康を害している人に憑依するのかもしれない。そう考えると、不治の病を抱える伴侶と、健康に難があるあの女性に身体を害する何かが憑いていたとしても不思議はない。

漠然と除霊をしなければとは考えたが、伊豆に行く機会がないまま数日後に憩室炎を発症した。あの女性と会ってから一週間後のことだった。

その日は腹部の痛みに一晩眠れず、検査で憩室炎と診断され、自宅で抗生物質の投与による治療を始めた。しかし、その五日後に高熱と下痢を併発した。今度は抗生物質の投与による感染症のC／D腸炎と診断され、結局、四日間入院した。

病の進行が裏目裏目に出る。瘴気にあてられたように体調が悪い方向悪い方向へと向いて流れる。何かに憑かれたと感じる。除霊して断ち切る必要があると思い、退院の二日後、痩せてふらつく身体で一人伊豆に向かった。自分でもひどく頼りない。

駅ではタクシーが拾えず、大丈夫かなと思いながら御社まで歩く。境内は静かだった。社務所に腰を下ろし、悪しきものの除霊を祈願する。ふっと意識が遠くなるような浮揚感のあと何かが抜けていく感じがして急に楽になる。

身体に憑依するものが離れていくときの感覚は、心に憑依するものたちが離れるときのそれとあまり変わらない。目を上げると周りの景色が変わって見える。生き生きとした緑が映えて穏やかな風に揺れている。

何故か安心感を覚える。腰を上げ、石段を上り、手水舎で水を使い、上の社に賽銭を上げ、鈴を鳴らし、二礼二拍して手を合わせる。念を押すように除霊を祈願し、家族の

健康と平和を祈る。どこからか、

「もう大丈夫だよ」

と、そんな声が胸の奥に届いた。


前日、一ノ宮に初詣に行った。その帰り、立ち寄ったファミリーレストランで良からぬものに憑依されたらしい。突然、ひどくネガティブで攻撃的な感情に支配される。それは、邪悪さに満ち、痺れるようなエネルギーの奔流と、もの凄い圧力を伴っていた。心は屈折した怒りや恨み辛みに満ちて、自分でも目つきが変わり、顔つきが変わるのがわかった。ネガティブな思いが心を苛んだ。

――まさか、年一度のご祈祷を受けたあとの憑依はないだろう。

という思いが御社に行くことを躊躇わせたが、あまりにも辛い。結局、翌朝の電車で伊豆に向かった。最悪の気分だった。

心はネガティブな思いに満ち、落ち着かず、吐き気がしたが、熱海で下田行きの普通電車に乗り換えた途端、何故かふっと楽になった。いつものパターンだ。最寄りの駅に着くころには大分楽になり、駅のトイレを使い、トイレを出るときには、むしろ、爽快でさえあった。

駅には待合いタクシーが二台止まっていた。幸先の良い兆しだと思った。境内に入り、社務所の縁側に座って目を瞑る。いつもの、

「どうか私の心と生気と肉体に憑依する全ての霊とエネルギー寄生体、生き霊と人の思念を浄化し……」

の文言を唱えると、胸の奥から淡く光る気泡のような、実体のない何かがふっと表れ、上に昇り、消えていくのがわかる。

それはふぅーっと気が遠くなるような、ある種の恍惚感を伴って浮かんで消える。そんな感覚が立て続けに二回か三回続く。たちの悪い霊が抜けていくときの感じではこの感覚が多い。

年の初めだからか社務所には人がいる。参拝者は多く、一人、また一人とボクの前を通り過ぎていく。神主らしき人物が社務所に入るのを見計らって階段を上る。社務所から出た神主がそのボクを追い越していく。

少し待っていると上の社に着いた神主が社の戸を開け放つ、ご神託が見える。お賽銭をあげ、除霊を祈願する。神主が手を合わせるボクの横をすり抜けるようにして社務所に帰る。お参りを終えて階段を下りる。

社務所には何人かの人が集まり、さきほどの神主を中心に談笑しているのが見える。今日はここまでと思って階段を下り、鳥居をくぐり、駅に向かう。気分はすっかり良くなっていた。

内なるもの

ここのところ梅雨空が続く。終日降ったり止んだりの中を伊豆に向かう。東海道線の熱海で伊豆急行線に乗り換え、伊東を過ぎるころになると御社が近づいていることがわかる。目的の駅に着いてトイレに入る。と、突然、

「今日は今までにないことが起きるよ」

だったか、

「今まで経験したことのないことが起きるよ」

だったか、そんな意味の言葉が聞こえる。一瞬、何だろうと思い、いや、気のせいかもしれないと思い直す。しかし、気のせいにしてはずいぶんとはっきりと聞こえた。何となく気になる。御社の声かもしれないと思いながらタクシーに乗った。

御社に着くと先客がいる。少し気勢を削がれた感じで社務所に座り二十分ほど黙想し、除霊を祈願する。いつも通り祈るが、何か、違和感を覚える。ここのところ他者の憑依にばかり盲目的に怯えているような気がする。

ネガティブな思念が及ぼす心へのネガティブな影響を思い、いつもの除霊祈願に、

「私の心の中にある、怒り、恨み、妬み、執着や哀しみやネガティブな想いの全てを浄化し、しかるべき霊的階層へとお導きください」

と付け加えた。言葉はあらかじめ考えていたわけでもないのに脳裏に浮かび、淀みない言葉として出てきた。

二十分ほど黙想し、上の社に参り、また、二十分ほど黙想する。初めの参拝者が帰ってから人は来ず、境内は静かで気分は良かった。しばらく社務所に座って境内を眺める。高い木の枝の上をリスが何匹か動き回るのが見える。

黙想を終え、立ち上がり、境内の端で立ち止まる。空を見上げると、

「また来なさい」

と、声が降りてきた。ボクは、

「はい」

とだけ答えて石段を下りた。その日は、今までに経験したことのないことなど起きなかったと思い、何か拍子抜けのように感じたが、世界を作るのは外側からの関与でもない。他者の憑依でもない。自分自身なのだということにふと気がついた。

憑くものは自分の心の状態によるというのはよく感じることだから、全てを憑依やら、他者の影響やら、外側のせいにするのはやはり変だと思い、ふと、駅で聞いた声はこれのことかもしれないと思い当たった。

御社を描く心得

前回は雨、その日も雨。それも、駅に着いた途端に大粒の雨が降り始める。タクシーは拾えず、駅のタクシー乗り場でかなり待ち、嫌な気分で御社に着く。

社務所を撮ろうとカメラを取り出してファインダーを覗くが何も見えない。シャッターも切れない。よく見ると電池が切れている。不思議な気分になる。今朝、確認したときにはほぼフル充電されていたはずの電池の残量がゼロになっている。写真は撮れず、収穫はなし。ふと、歓迎されていないと感じる。

社務所に座って目を瞑り、人の思念か霊か、内側にいる憑きものの除霊を祈願して黙想し、上の社にお参りする。他に参拝客はなく境内は静か、全く歓迎されていないわけではないと思うのだがどこか抵抗があり、ちょっとしたことに違和感がある。

参拝を終えてから社務所に戻り、黙想している間に、

——もしかして。

と思う。考えてみると境内や御社を描くのにそれなりの説明をしていなかったことに気づいた。そう考えると、ここのところ歓迎されていないことの理由に思い当たった。絵はよく描く。画業は生業ではないが美術展にはよく出展している。最近、伊豆の御社を描こうと思い、準備していた。今日は御社と境内と社務所のスナップ写真を撮るつもりだったのだ。

立ち上がって再度参拝し、改めて絵を描いていること、境内や御社を描かせてほしいことを説明する。突然、雨がやみ、何か、心が軽くなる。手を合わせ、その日は丁重に謝って帰途につく。

御社の主は何かと気難しい。説明が必要なこともある。断りなしに御社や境内を描くことはやらないほうがいいと、妙に納得する。

ムクドリの知らせ

寒い季節になると庭にメジロがくる。ミカンを輪切りにして庭の片隅に置くと啄む。時々、ムクドリが邪魔をしてそのミカンを横取りする。身体が大きくて、いじめっ子のようなムクドリはあまりイメージが良くない。

四〜五日前からそのムクドリが二階のベランダに姿を現し、窓ガラスをカタカタカタとつつくようになった。突然飛来し、窓の桟に足を掛け、その無機質な目でジッと部屋の中を覗き込む。

暗く深い穴の底を覗き込むようなムクドリの視線はボクを妙に不安にさせる。心が不吉な予感に支配され、暗い穴の底に引き込まれるような不安感に襲われる。と、ムクドリは窓ガラスをつついてカタカタと鳴らし始める。

ガラスをつつくその音は煩わしくて気に障る音だ。一瞬、何が起きたのかと思う。とても気になる。何かを知らせようとしているのかもしれないと、そんなふうに思うともっと気になる。

最初は日に一度だった行為は、翌日は二度、三度になり、その翌日にはもっと頻繁になった。その日、ビィの体調がひどく悪いことに気がついた。痛みに震えるビィの身体を抱きかかえたサチを乗せて慌てて動物病院に車を走らせる。

ミニチュアシュナウザーのビィは今年で十五歳になる。中型犬の平均寿命だ。嫌な予感が胸の奥を過ぎる。結局、ビィは重症の急性膵炎と診断され、緊急手術となり、そのまま入院した。

手術に立ち会ったあと、後ろ髪を引かれる思いで動物病院をあとにする。帰り道、サチと海に面したファミリーレストランに入り、店の隅に座って飲み物を頼んだ。サチは、

「今回は駄目かもしれない」

と言う。ボクはムクドリが何かを伝えようとしていたことを思い返し、その知らせをもっと真剣に受けとめていればと内心悔やんだ。

もっと早くもっと真摯にムクドリの知らせと向き合っていれば、もう少し早くビィの症状に気づいていたのではと思った。ボクたちはそれ以上言葉を交わすこともなく、運ばれてきた飲み物にも手をつけずに店を出た。

翌日、ムクドリは三～四時間ごとに二階のベランダに姿を現してまた窓ガラスを鳴らした。何か、不吉なものを感じさせる音だ。底なしの穴を覗き込むような気持ちにさせられる。

ベランダのムクドリは翌々日も朝早くからうるさかった。いよいよ気になる。落ち着かない。ますます不安になった。獣医からは一週間ほどの入院と聞いていたが、やはり気になって様子を見に行く。

麻酔から覚め、腹に包帯を巻いたビィはケージの中から家に帰りたいと訴える。それも獣医が困惑するほど尋常でない鳴き方をする。迷ったあげく、結局、薬を処方してもらって家に連れて帰った。

一晩が経った。今朝はムクドリが姿を現さない。二階の窓ガラスをカタカタと鳴らすこともなくなった。内側の闇が消え、胸騒ぎがなくなり、嫌な予感がなくなる。世界が一転し、不安が去って胸騒ぎが消えた。ふと、もう大丈夫だと思った。そして、あのムクドリが何だったのかを考えた。

最近、ふとしたときに守られていると感じるときがある。それは、例えば電車に乗っているときであったり、人混みを歩いているときであったり、交差点でふと立ち止まったときであったり、そんな日常のごく些細な出来事の裏側で起きる。

今、自分が何らかの霊的な関与や憑依や悪しき思念に晒されていると感じるとき、そうした働きかけから何かに守られていると強く感じるのだ。それは物質的な衝撃力とは全く違う。しかし、強い力だ。

その感覚は何気ないときにふと感じ、確信し、しかし、日々の営みの中のどこかに紛れ込んでしまうものだから、それが何ものからの働きかけなのか、そして、何に守られているのかははっきりとわからない。

しかし、いつのころからかそんな感覚を覚えるようになり、それが超自然的な何かという感覚もあって、やがて、それが御社ではないかと考えるようになった。そのころから御社はいつもボクの傍らにいると感じ始めた。

ビィの災難

ビィが噛まれた。ミニチュアシュナウザーのビィは今年で十五歳になる。ボクとサチとの夕方の散歩中、突然、近所の家から飛び出してきたジャイアントプードルに噛まれた。

近くの動物病院に運び込み、緊急手術で七針縫って命を取り留めた。噛んだジャイアントプードルの飼い主から始末書を取り、警察と保健所に訴えたが、それでも怒りが収まらず、気持ちの整理がつかない。

あのジャイアントプードルの飼い主の家に乗り込み、飼い主と犬をどうにかしてやりたいといった暴力的な衝動に駆られる。そんな荒んだ気持ちから逃げるように伊豆に向かう。

駅から御社まではタクシーを使った。タクシーを降り、鳥居をくぐり、石段を一段一

段上って、境内に足を踏み入れた途端、待ち構えていたように、
「そんなに自分を責めなくていいよ」
という意味の言葉が胸の奥に届いた。その瞬間、あのときビィに向かって突進するジャイアントプードルを自分が反射的に止められなかったことをずっと引きずっていたことにようやく気づいた。張りつめていた気持ちが切れ、涙が溢れた。

ここのところビィは災難続きだ。夏にはスズメバチの猛攻にあい、太腿を刺されて大騒ぎになった。秋口には重度の膵炎を患い死にかけた、冬には近所の犬に喉を噛まれて七針も縫う大けがをした。それも重傷でやはり死にかけた。

いったい何なのだろうと思う。もしかして、ボクやサチの厄災を肩代わりしているのではないかと疑いたくなる。だったら可哀想だとも思う。

その日、社務所での除霊と瞑想を終え、上の社への参拝を終えて階段を下りかけたボクの胸に、
「人の出会いや、人との巡り合いにはどんなものでも意味があるのだ」

という意味の言葉が届いた。立ち止まり、心の中で聞き耳を立てる。何も聞こえない。怪訝に思いながら、また、階段を下り始めると、唐突にミニチュアシュナウザーの姿が脳裏に浮かんだ。さっきの言葉と脳裏にあるビィの姿が結びつく。犬であるビィとの出会いにも意味があるのかと思う。と、

「ビィは愛情の形を教えるためにおまえと巡り合ったのだ」

そんな言葉が心の奥に届いた。

素直に得心がいく。ビィと巡り合った意味を理解する。

御社の主

インド占星術の鑑定が続く。二〜三日前の女性の鑑定で何かに憑かれた感覚があるが、境内に入った途端に憑いたものが離れるのを感じる。社務所での黙想で除霊を祈願した。憑きものがまた離れた感覚がある。

トイレに立ち、また境内に戻ると階段を一歩一歩踏みしめるように上がり、手水舎で手と口を清め、また、一歩一歩踏みしめるように石段を上る。上の社の前に立ち、

「いつもありがとうございます」

と念じて賽銭を投げ、鈴を鳴らす。と、右上の木々の間から何か物音が聞こえたように思う。気になる。ふっと周りを見回し、社に向き直ると二礼二拍して手を合わせる。右上の木々の辺りにまた何かの気配を感じる。何かがいると実感する。鳥かリスかと思い、顔を上げてじっと目を凝らすが何も見えない。でも、何かがいる。

視線を社に戻して一拍一礼して姿勢を戻す、と、すぐ近くに実体を感じる。ボクの目の前、右手の息がかかるほど近くに何かがいる。それは音でも声でもなく、光や影でもなく、何かを象徴するような物体でもなく、ただ気配としてそこにいる。

瞬時に御社の主だと思った。少し右手のその辺りを向き、その何かに向かって一礼し、本当にいるのかどうか半信半疑のまま手を合わせる。未知のものへの恐怖と威圧感を感じる。深い畏怖の念を感じさせるこの威圧感は何だろうと思う。しかし、何か温かいものが伝わってくるのもわかる。

これが錯覚なのか、それとも、視覚的に捉えているのか。つまり、本当に見えているのか、御社の主が突然姿を現してくれたのかはわからない。しかし、ボクは御社の実体に初めて触れたことに驚き、動揺し、しかし、感動していた。

意識の移動

春の一時期、伊豆は河津の桜まつりで電車も車も混み合う。当分来ることが出来ないと思い、体の不調を押して出かける。社務所での黙想を終えて上の社に上がり、賽銭を入れ、二礼二拍して手を合わせる。

周りを見回して気配を探ると、御社の主は今日も当たり前のように賽銭箱の横にいる。やはり、錯覚ではなかったと思う。身体の向きを少し変えて頭を下げ、また手を合わせた。

そこにはアメリカのB級映画に出てくる宇宙人のような風貌の、大きくて半透明のゼリー状の何かが佇んでいる。現実感が乏しく、三次元空間に投写されたようなバーチャル映像を見ている感じだった。

威圧感はあるが邪悪なものは感じない。静かに見守ってくれている。胸の奥をふと温かいものが過ぎり、その感覚があとを引くように胸の奥に残る。歓迎されているのがわかる。

今日も御社の主は姿を見せてくれた。そのことへの感動があった。社務所まで下りてまた黙想する。二十分ほど黙想してから立ち上がり、境内を横切って下の社に手を合わせる。帰りがけ境内の端に立って空を見上げる。特に言葉はなかった。

帰りは駅まで歩いた。駅まではゆっくり歩いても十五分ほどで着く。歩き始めてから、祈願しようかどうしようか迷っているうちに言いそびれ、結局、言い忘れたことがあるのに気がついた。

数年前にインド占星術の鑑定をして以来、時々遊びに来る友人がいる。ヨガスタジオを営んでいる女性で、何回か会ううちに親しくなり、やがて、家族ぐるみで行き来するようになった。

優秀なヨガの教師で人気もあるらしく、教えている生徒の数はボクの知るヨガの教師の中では断トツに多い。知り合ったきっかけが占星術の鑑定なので何かあるとボクが相談に乗ることは多いが、ボクも鑑定を続ける上でずいぶん助けられている。

彼女はボクの生き方に影響を与えていると感じるのだ。感謝している。多分、彼女は多くの人にそうした影響を与えているのだろうと思う。本人が意識する、しないにかかわらず、何故か、そうした役割を果たす人がいるのだ。

彼女とはそう頻繁に会うわけでもないし、年齢も離れている。個性が強く、元気が良くて主張もはっきりとした人なのでボクとは時々行き違う。男と女の違いからふとしたことで感情的に行き違うこともある。

そのときは何かの行き違いで気まずい思いをしたあとで、特に喧嘩をしたわけでもないが、それ以降、互いに連絡を取り合っていない。それが何となく気になっている。その日は彼女との関係を御社に祈願しようと思っていて言いそびれ、そのまま帰ってきてしまったのだ。

もう一度戻ろうかとも思ったが、もう駅に近いところまで歩いてきてしまっている。結局、考えながら歩いているうちに駅に着いてしまった。時刻表を見ると上りの電車は一時間に二本、次の電車まではまだ時間がある。

ボクは駅ビルの二階のコーヒーショップで買った紙コップを手にして駅を出た。いつもとは反対側の出口を出てすぐの広場の端にあるベンチに腰を下ろすと、上下線のホームが真下に見える。

顔を上げると伊豆の海が遠くに見える。空は青く澄んでいる。気持ちの良い午後だった。コーヒーを飲み干して目を瞑り、意識を集中して、ついさっきまでいた御社の苔むした境内と鬱蒼とした木々と石段と上の社を思い浮かべた。

ふっと繋がる感じがして意識が御社に戻った。その場にいるような臨場感を感じる。御社の境内から繋がる石段が脳裏に浮かぶ。石段を上り切り、上の社の前に立つ。御社に戻ったと感じる。

心の中で二礼二拍して手を合わせ、改めて彼女との関係が今まで通り続きますようにと祈願した。三半規管の奥に、

「わかったよ~ん」

と、妙に軽い乗りの、明るい声が届いた。そのふざけた声の調子に、一瞬、本当にこれが御社の言葉だろうかと疑ったが、御社は時々こういうことをする。

耳の奥に木霊した声は少し遠く感じたが、御社のものである以外に考えようがなかった。距離的に近いとはいえ意識が移動し、その意識が御社に繋がったこと、御社が意識

を受けとめてくれたことに驚き、意識が自在に移動出来ること、意識と御社に地理的な距離は関係ないことをそのとき理解した。

結局、彼女からは数日後に連絡があって、次に会ったときには何のわだかまりもなかった。あのとき、御社は、

「おまえ、すこし考え過ぎだよ」

とでも言いたかったのだろう。何か、軽くからかわれた気がした。

水の境内

曇り空で寒いが、河津の桜まつりが終わり、伊豆方面の電車は空いているだろうと思い、ほぼ一ヶ月ぶりで御社に向かう。電車に乗るとすぐにクシャミと鼻水が出始め、熱海を過ぎるとますますひどくなる。

御社には人の気配がない。階段を上がって朱の鳥居をくぐると境内の入り口は山からの水に浸かっている。水は鳥居の下から境内一面に広がり足の踏み場がない。惨憺たる状況で、とても普通に歩ける状態ではない。

それは、余程強くはっきり境内に入るのだという意思を持った人間でなければ足を踏み入れるのを躊躇うだろうと思えるほど、人の侵入を見事に拒んでいる。ボクはその光景を前にして逡巡し、しかし、水の浅いところを選んで歩き始めた。

水浸しの境内を斜めに横切って水の経路を探る。石段の上がり口から側溝を覗くと山から続く側溝の一部がゴミで塞がっていて、堰き止められた水が溢れ、その水が境内に流れ込んで大きな溜まりを作っている。

それはここを訪れる人の侵入を意図的に、しかも、図ったように巧妙に阻んでいて、何かの意思が働いているとしか思えない。ぬかるみを避けるように歩いてようやく社務所まで辿り着き、二十分ほど黙想をする。除霊を祈るがあまり手応えがない。

水浸しの境内をまた抜けて上の社に上がり、賽銭を投げ入れて手を合わせる。除霊と文章や絵のことなど、良い方向へとお導きください、と祈願する。心を澄ませると、御社の主は今日も当たり前のようにそこにいる。

身体の向きを変え、そちらに頭を下げて手を合わせる。胸の奥をふっと温かいものが過ぎる。振り返ると水に浸った境内に光が反射して湖面のように輝いている。一瞬、眼下に広い湖を見下ろしている錯覚に囚われる。

そこには神秘的な静けさを感じさせる光景が広がり、ふと、違う世界に迷い込んだような不思議な感覚に陥る。石段を踏みしめるようにして下り、二十分ほどまた黙想し、帰り支度を終え、境内のぬかるみを避けるように歩いて上を見上げる。と、

「良い結果を得られるようにするから」

といった意味の言葉が胸の奥に届く。何か安心し、手を合わせ、礼を言って御社をあとにする。

帰りの電車の中ではクシャミがひどく、目が痒く、鼻水も止まらない。家に帰っても症状は治まらず、どうも、アレルギー性鼻炎が本格的に発症した感じだ。

何年かぶりに発症した花粉症に、今はスギ花粉の季節だと改めて実感し、ふと、杉の古木がひしめくように林立するあの境内を思った。今、マスクもせずにあの杉の木の中に入り込んだのはまずかったなと少し後悔し、水に浸かったあの境内をまた思い、今日、あの場所に入るのを強く拒まれた理由がわかったような気がした。

祐二さんとの旅

その日は祐二さんと伊豆に同行した。二人だったからボクの車を使った。当時乗っていた車の自動車保険はボク本人と妻であるサチ以外の運転者は保障対象にならなかったから、行き帰りはボクが運転をした。

朝家を出て、途中、道の駅で休憩し、伊東を過ぎてから一三五号線を外れて海岸沿いの裏道を走った。川奈駅の海側から大きなホテルの前を通って伊豆高原に抜けるその道はあまり知られていないので車の通りが少なく景観も良いが、道が狭く、対向車があると気が抜けない。

三時間ほどで御社に着いた。二人で境内に入る。ボクが社務所に座って黙想をしている間、一人で境内をぶらぶらしていた祐二さんは、やがて、石段を上り、そのまま見えなくなった。黙想を終えて上の社に上ると、社の前に立っていて、

「この社の主はまことさんのことを大切にしてるんだね」

といった意味のことを言う。何のことかわからず、

「何故？」

と聞いた。

「御社に話しかけたら、今、まことさんを迎えに社務所に下りている、と言われた」

と言って笑った。

ボクは霊能者ならではの話だと思い、内心少し驚き、うれしいような、こそばゆいような、何となく不思議な気分で返事に詰まった。

帰りがけ、境内から上を見上げた。その日、それ以上の言葉はなかった。

大介君との旅

夏の終わりごろ、大介君から突然メールが入った。大介君とは十五年ほど前にヴェーダンタの勉強会で知り合った。親子ほど歳は離れているが親しくなり、その後、三年ほどインド占星術を教えた。実直で温厚な人柄で、しかし、芯がある。

突然のメッセージには伊豆の御社に連れていってほしいとある。最近結婚したばかりだが、何か、夫婦間の問題を抱えているらしい。御社の霊的エネルギーは助けになるかもしれないと思い同行することにした。

最寄りの駅で落ち合い、伊豆に向かう。いつもと違い同行者のいる小旅行の道中は短い。駅からはタクシーで御社に向かう。タクシーを降りると何故か歓迎されているのがわかる。ボクが深刻な悩みを抱えて参拝するときの空気に似ている。

ボクと一緒に石段を上り切った大介君は、何か、霊的なエネルギーを感じた様子で境内に佇み、社務所で黙想をし、上の社に参拝する。ボクは、

「大介君のことをよろしく頼みます」

と祈願して手を合わせた。大介君はその傍らで神妙に手を合わせている。何かを感じ取っているのがわかる。社務所に戻り、また、十分ほど黙想する。帰る間際、境内の端に立ち、木々の間から空を見上げる。

「大介君のことはわかった」

といった意味の言葉が心に届く。傍らの大介君が何を感じ、何を思ったかはわからない。あえて聞かなかったが、胸の内は苦しいのだろうと密かに同情し、しかし、何も言わずに最寄りの駅で別れた。

奇妙な参拝者

その日、最初の鳥居をくぐり、石段を上って二つ目の鳥居をくぐり境内に入ると、見慣れないもの、いや、見慣れない人が目に入った。

いつも座る社務所の縁側のすぐ脇の土間には筵ゴザが敷かれ、その上には布袋様のように腹の突き出た男が向こう向きに寝そべっている。男は見るからに異様な風体で、頭には手ぬぐいに似た布を巻いている。とても、福の神には見えない。

三月中旬の境内はまだ真冬のような寒さだというのに、ランニングシャツ一枚に裾広がりでくるぶしのところがつぼまったとび職人が穿くようなズボンを穿き、素足に草履を履いている。

苔むした神社の境内には似合わない異様な雰囲気を醸し出す男は、やがて、寝返りを打つとおもむろに起き上がった。男の寝ているゴザの端にはバックパック、頭側には大きなラジカセが置いてある。

近づくボクの気配を感じた男はラジカセから聞こえるニュース番組のボリュームを少し下げると立ち上がり、意味不明な言葉を口走った。確か、

「こんなことをしてたら国は亡びる」

といった内容だったと思うが、それはひどく時代がかった言い方で、ボクには狂人の戯言に思えた。

ボクには男が精神に異常をきたした狂人か、この近くを拠点とするホームレスか、普段あまりお目にかかることのない変人の類いに思えた。正直、少々薄気味悪くもあった。男の近くに腰を下ろすのを躊躇ったボクは行き場を失い、男から少し離れた社務所の右端の縁側に腰を下ろした。そこは初めて座る場所だったが、階段上の鳥居が左手に見え、御社に続く階段が右手に見えるその景観はいつもの場所から見るそれとあまり変わらない。

縁側も足下のタタキも綺麗で居心地は良かった。右側の柱が邪魔をして左手にいるその男からは死角になる位置だった。ボクは腰を下ろすと、ラジカセの音や男の独り言を遮断するために耳栓をし、手を組んで目を瞑った。

しばらくして、ふと、男の気配を感じて薄目を開けると、立ち上がって境内をウロウロする男がそっと窺うようにこちらを振り返るのが見えた。気にせず続けようとしたが気が散って黙想にならない。そんなこんなで除霊もうまくいかない。

結局、黙想も除霊も十分ほどで切り上げて石段を上った。上の社で賽銭を投げ、手を合わせ、改めて除霊を祈願した。内側から何かが離れていくのを感じた。身軽になって下に下りるとゴザに座る男に声をかけられた。男は、

「俺はお江戸から来たんだ」

というようなことを言う。ますます、尋常ではないと思った。ボクは声をかけないでほしいといったニュアンスを込めて、

「これから瞑想をするから」

というようなことを言ったと思う。男は、

「瞑想ねえ、いいことするんだねえ」

と見当違いな言葉を返し、そして黙った。座ったまま薄目を開けると立ち上がった男が四股を踏んでいるのが見えた。

その日はその奇妙な男のことがどうにも気になり、瞑想も除霊も中途半端に終わり、
結局、集中出来ないまま石段下のトイレに立った。そして、妙なことに気がついた。

下の駐車場には車もバイクも駐まっていない。ランニングシャツ一枚と素足のあの男がゴザやバックパックや大きなラジカセなどあの嵩張る荷物を一人で担いで、彼がお江戸と称する東京から電車で来たとは考えられない。

どこからかはわからないが、ここまで来るとすれば、まず車かバイクしか考えられないだろうから、駐車場に何も駐まっていないのはひどく変だ。見ていると、精神に異常をきたした狂人だったり、食い詰めたホームレスだったりという見立ては少し違うようにも思える。

だったらあの男は何なのだろう。もしかして人ではないかもしれない、などと妙なことが頭を過ぎり、結局、思考停止に陥り、そして境内に戻った。

昼を過ぎて他の参拝客が二〜三組現れた。その参拝客たちに四股を踏む男の姿が見えているのかどうか、ボクの場所からではわからない。どの参拝客も、特に、その男のいる方向に目を向けることもなく上の社に向けて石段を上っていく。

石段を下りる参拝客も特に男のいる方向に好奇の視線を向けるものはいない。ボクは境内の中央に立ち、空を見上げて手を合わせた。その日降りてくる言葉はなかった。

どこか中途半端な気持ちで鳥居をくぐり、石段を下りた。ボクと境内と他の参拝客に背を向けた男は無言で四股を踏んでいた。

ビィの死

ビィが死んだ。この町に越した年から十八年、ボクたちに寄り添い、献身し、無償の愛を与えてくれたビィはボクとサチに看取られながら眠るように息を引き取った。

その日の朝、ビィを抱き上げたときに不自然に息が荒いことには気づいたが、ボクはそれをあまり深刻に受けとめなかった。その日のビィは、朝、外で糞をして、その後、下痢をしたらしい。サチが軽く尻を洗ってサークルの中に寝かせた。

その日、久しぶりに出かけたボクが夕方家に帰ると、グッタリとしてものを食べないという。息が荒い。サチが流動食を用意し、スプーンで食べさせようとするが、一口か二口食べるのが精いっぱいでそれ以上は飲み込めない。

それでも、犬の死を看取ったことのないボクはまだそれを深刻には考えなかった。夕食のあと、小さな寝床を居間に運んでビィを寝かせた。テレビを見ていると、

「ビィが変だ！」

とサチが言う。慌ててテレビを消し、二人でビィの傍らに膝をつく。ビィは、

「ハッ！　ハッ！　ハッ！　ハッ！」

と荒い息をしている。痩せた腹が大きく波打って苦しそうに見えた。息はますます荒くなり、やがて、ビィの身体から霊（幽）体が離れるのが見えた。

霊（幽）体は起き上がるようにして肉体から離れ、一旦、肉体に戻り、そして、スーッと離れた。身体が小刻みに痙攣し、そして、静かになった。呆然とするボクの耳に、

「ビィちゃん、死んじゃった」

と言うサチの悲しい声が響いた。ボクは、突然何が起きたのかがよくわからず、何も出来ない。現実を受けとめられず、涙も出ない。

ただ呆然としているボクの傍らで、サチはすぐに状況を理解し、判断し、そしてテキパキと動いた。時計を見て死亡時刻を確認し、近くの氷店に車を走らせてドライアイスを手に入れ、帰ってくると死後硬直の前の身体を冷やし、親しい友人に連絡を入れた。

その後の二〜三日のことは記憶が錯綜していてよく憶えていない。駆けつけてくれた友人たちがたむけた沢山の花々に埋もれるように横たわるビィの亡骸は穏やかで、笑っているように見えた。

肉体を離れてからしばらくはビィの霊（幽）体が居間のボクとサチの椅子の間にいるのが見えた。三次元空間に投写したバーチャル映像のように頼りなく透き通って見えるビィの霊（幽）体は、ボクの記憶では、多分、二〜三歳ごろの姿で、当時のふわっとした体毛に覆われ、小太りで、口を開け、長い舌を出して、

「ハァ、ハァ、ハァ、ハァ」

と荒い息をしている。それは、ボクの記憶にないほど若いころの姿だったので最初はビィだと思わなかった。それに、そこはダイニングと居間の境目で、普段ビィがいる場所ではなかったから、何故あの場所にいるのかもよくわからなかった。

小太りのビィは二日ほどその場所にいて、やがて、見えなくなった。それから数日は大勢の人々がお悔やみと献花に訪れてくれた。ビィはこれだけ多くの人たちに愛されていたのかと改めて実感し、失ったものの大きさを思った。

ボクは何度か泣いたと思う。親しい友人の顔を見たり、知り合いに優しい言葉をかけられると涙が溢れた。ビィの亡骸は近くの動物メモリアルパークでお骨にし、居間の一画に小さな台を設けて安置し、お骨の上と横の壁にはボクの描いたビィの肖像を置いた。

その日の朝、出かけるときにメガネが壊れた。耳に掛ける部分のつるを覆うプラスチックカバーが割れたのだ。割れた部分を外すと耳の後ろに当たる金属の端がむき出しになり、そのまま掛けると耳の後ろが痛かった。割れたカバーをまた差し込むと取りあえず収まったので、そのまま掛けて出かけた。

それからしばらくは悪い夢を見ているような日々が続いた。寝ても覚めてもビィのことが胸に去来し、思い出すたびに突き刺すような喪失感に苛まれた。あのときああしていれば、こうしていればといった後悔ばかりが心を苛み、ビィの与えてくれた愛情と献身に応えてやれなかったという思いが胸を突き刺す。

あの小さい身体で精いっぱい生きたことの不憫さに胸が塞がる思いで、しかし、その思いの行き場がなかった。迷わず、安らかに眠ってほしいという思いでマントラを唱えた。

数珠玉を数えながら、最初の日が五十回、次の日が百八回、その次の日が三十回。そのときまであまり考えなかったマントラの意味を真剣に考えた。精神安定剤を飲んで眠る夜が続き、寝付いてもその眠りは浅く、起きてもスッキリと目覚めるということはまずなくなった。

食欲はなく、体重は落ちた。生きることは怖いと思った。残された余生を平穏無事に生きているつもりでも、人はどこかで掛け替えのないものを失うという体験をさせられるのだ。

親しい友人の死は悲しかったが、長い間確執のあった父親の死に対してはそれほどのこともなく、やがて来るであろう母親の死に対してもそれほどの切迫感を持たないボクが、この歳で愛するものの死という切実な現実に向き合わされているのだと思った。

七月始め、梅雨の合間を縫うようにして御社に出かけた。その日はサチが同行し、交代で運転した。お骨を抱えていたからビィも一緒だろうと思い、車から乗り降りするときにはビィが乗り遅れないように気をつけた。

最後に海を見せてやりたいと思い、出来るだけ海沿いの道を走った。梅雨の長雨がやんで、時折、雲の切れ目から弱い日の光が差していた。ビィが肉体を離れてから十日が経っていた。

御社に着いたのが昼ごろ。珍しく下の駐車場には三～四台の車が駐まっている。一瞬、何かと思う。車を降り、鳥居の下で手を合わせ、石段を上る。ふと、足下を見ると石段を上るボクの足に纏わり付くようにして歩くビィがいた。

温かいものが胸の奥を過ぎる。しかし、その温もりは哀しく、そして、蝋燭の火が灯るように儚く頼りない。境内に入ると社務所の扉が全部開け放してあるのが見えた。やはり、普段とは様子が違う。いったい何だろうとまた思う。

石段を上り、手水舎で手と口を洗い、石段をまた上る。足下にはボクの足に纏わり付くようにして歩くビィの姿があった。夢中で、ただ、ひたむきにボクらを追うその姿を見ると胸が締め付けられるように切ない。

その日、社の扉はいっぱいに開け放たれていて中のご神体が見えた。普段はないことだった。何かの祈祷を終えたばかりの社の中はひどく騒がしい。ボクたちは、ビィのお骨を抱え、ご神体の前で手を合わせ、賽銭を投げ入れ、鈴を鳴らして、

「ビィが安らかに旅立つことが出来ますように」

と祈った。

祈祷を終えた人たちは騒がしく、やがて、写真を撮ったり撮られたりが始まったので、ボクたちは一旦その場を離れた。石段を下りて社務所で待つことにする。

社務所の縁側ではボクの左側にお骨、その左にサチが座った。ビィがボクの右側にいるのがわかった。しばらく待っていると神主が下りてきた。何のご祈祷かと聞くと奉納舞いだったと教えてくれた。

行事は終わったとのことだったので、再び石段を上り、手を清め、石段を上る。ビィもボクの足に纏わり付くようにして上っている。階段の途中では奉納舞いの人たちがまだ写真を撮ったり撮られたりしていて相変わらず騒がしい。

そんな人々の間をくぐり抜けるようにして石段を上ると、社の手前にはミツバチの群れが飛んでいる。普通なら逃げ出すところだが、何故か刺される危機感も恐怖心も感じ

ない。

蜂が飛び回る中をそのまま上ってまた祈願した。ボクもサチも不思議と刺されなかった。扉を閉める前のご神体にまた手を合わせ、

「ビィが安らかでありますように」

と祈ったが、石段下の人々が騒がしくて御社の主の言葉を受け取ることが出来ない。喧噪が邪魔でエネルギーも感じられない。一旦境内に下りて、境内の端にある下の社にも手を合わせ同じことを祈願した。

帰りはサチの運転で帰路についた。ボクは御社で何の言葉も受け取れなかったことにひどくがっかりし、歓迎されていないと感じ、そのショックで落ち込んだ。何も話す気になれず、気分の落ち込みはどうしようもない。助手席の椅子を倒してふて腐れたように横になる。

足下のビィがその実体のない前足でボクの膝を盛んに掻いてしきりと何かを訴えようとしているのがわかる。何か言いたいことでもあるのか、あまり必死に訴えるので、手を伸ばし、そのビィに触れようとするが手に触れるものはない。そのうちにウトウトし

たらしい。

気がつくと西湘バイパスを走っていた。もう最寄りの出口が近い。サチが近くのホテルでお茶でも飲んでいこうかと言い出した。このまま帰るのも気が重いので気分直しに行くことにする。

ホテルのラウンジで紅茶と甘いものを頼んだ。サチは今日の伊豆行きはがっかりするようなものではなかったと言う。ビィを連れていって良かったとも言う。何か特別なものを感じたと言うのだ。

社務所の縁側に座ったときに感じたエネルギーはとても気持ちいいものだったし、奉納舞いの人々が騒がしかったとしても、ビィを連れていった日のその時刻に普段は見ることの出来ないご神体を拝むことが出来たのは、やはり御社の特別な計らいに違いない。だから、あまり落ち込む必要はないとも言う。

ボクは素直にそうかなと思い、そう思うと少し気が楽になり、供養は出来たのだろうとも思い、そして、無理矢理のように安心した。

確かに、ボクは自分の思い込みばかりに気を取られて御社が与えてくれたものを感じ取れなかったのかもしれない。周りの騒がしさばかり気にして内側への声もエネルギーも受け取れなかったのかもしれないと思ってもみた。

インド人のある思想家が彼の著書に『神の顕われは私たちの想像とはずいぶん違ったかたちで顕われる』と書いていたことを思い出し、御社の顕われはボクの考えていることとは違ったかたちで顕われたのかもしれない、と、そう考えると少し気が楽になった。

平日の日暮れの客のまばらなホテルのラウンジで取り留めもなくそんなことを考えた。考えながら、しかし、御社の主を単純に〈神〉と言ってしまっていいのだろうかと思った。

立ち上がって車の助手席に戻った。少し冷静になった頭の中で、さっき車の中でビィが夢中で伝えようとしていたものがいったい何だったのかを、また、ふと考えた。

肉体を離れてから最初に見たビィの残像はふわっとした体毛に覆われて、小太りで、目鼻立ちのはっきりとしたものだった。御社ではそれが目鼻立ちのはっきりとしない縫いぐるみのようになり、しかし、ビィだということははっきりとわかった。

その数日後、居間で名前を呼んだときに駆け寄ってきたビィはふわふわした毛玉のようで目鼻立ちも手足もはっきりとしなかった。折に触れて見えるビィの残像は日が経つごとに希薄になり、目鼻立ちも曖昧になり、気配も薄くなっていった。

ビィがいなくなるといろいろなことが変わった。ダイニングの端にあったビィのサークルがなくなり、ビィが歩くときの滑り止めとして家中に敷き詰めていたプラスチックのマットがなくなり、テーブルの上からは散歩用のプラスチック袋がなくなった。キッチンからはビィの食器がなくなり、戸棚からはウエスや餌や薬がなくなり、タオルや衣類、シャンプーやウェットタオルが姿を消した風呂場の棚はガラガラになった。やがて、精算された保険金の残額が銀行口座に振り込まれた。

今年の初め、七割負担のペット保険を五割負担に落としたらどうかをサチと真剣に相談したことをふっと思い出した。ビィがいなくなった今となれば、あんなものは何ということのない出費だった。

日が経つと、白内障の手術をしなかったために晩年のビィは目が見えなかったことがボクの胸をひどく苛んだ。眼病にきちんと向き合って、手術さえしていればビィの目は死ぬまで見えていたかもしれないのだ。たった三十万の出費を惜しんでビィの目は見えなくなった。そう思うといたたまれない気持ちになった。

ビィが死んで、人生の大切なものとそうでないものを取り違えていたこと、そして、人生の本当に大切なものと生きるために必要とされているものとの見分けがついていなかったことに初めて気がついた。

メガネ

ビィの亡骸を焼き場に連れていくときにメガネが壊れたことは忘れていた。時にはふと思い出したりはするのだが、そんなこんなで心ここにあらずの状態だからまたすぐに忘れる。

結局、メガネのつるを直そうと近所のメガネ屋に出かけたのはそれから二週間ほどしてからのことで、しかし、ジョンレノンタイプの丸メガネのつるのカバーはかなり特殊な造りでそのメガネ屋では直せないと言われた。

そう言われると、そのメガネフレームは概ね五十年ほど前にパリで買った物だったことを思い出し、年代物の、それも、ああいった特殊な形のフレームは今はもうないのかもしれないと思った。お気に入りのメガネだったからネットで検索すると、隣の町には〈メガネの修理承り〉の店が多い。

そのうちの一軒に電話をかけてみるとどうやら直してくれそうだったので、翌日、商店街の中にある時計と貴金属の店に出かけ、メガネを預けた。夕方取りに行くとメガネのつるは綺麗に直っていた。

幾ばくかの修理代を払ってメガネを受け取り、サチの運転する車に乗り込み、町外れまで走ってから取り出して掛けてみる。しかし、前が見えない。怪訝に思ってレンズを見ると、両方のレンズには擦ったような無数の傷が付いている。最近変えたばかりのメガネレンズは無残に擦れてメガネの役を果たさない。

修理を依頼した店は時計・メガネ・貴金属専門の店で、実際、時計やメガネの修理を生業にしているのだから、つるを直すのに肝心のレンズを傷だらけにするというのはどう考えても合点がいかない。

車で片道三十分はかかる隣町に二度も足を運んだ結果がこれではがっかりだった。ここのところいろいろあって面倒は避けたい気分だったから、その貴金属店に戻り、クレームをつけて一悶着起こす気にもなれない。

取りあえず、つるの修理が出来たのだから今日のところはこれでよしとしよう、と思っていると、運転席のサチが、

「後日出直すのは大変だから、今日、駅ビルのメガネ屋でレンズだけ換えよう」

と言い出した。駅ビルの中のメガネ屋なら一時間ほどで換えてくれるし、大した金額でもないし、とボクも軽く考えて頷いた。

駅ビルのメガネ屋では傷のついたレンズと同じ度数のものを入れるだけで良かったのだが、念のためと思って視力検査を受けた。しかし、よく見えない。特に、左目の視力が極端に落ちているらしくどうにも見にくい。検査に当たった若い店員が、

「乱視が入ってますね」

と言うのだが、それが、どうにも釈然としない。乱視が入っているからと言われて乱視の入ったレンズを掛けてもやはり見にくいのだ。レンズを換えたからといって、何か、シャキッと見えている感じがしないから、

「では、乱視の入ったこのレンズに換えてください」

という気にもなれない。

ボクの場合、PC用、運転用、遠距離、近距離、サングラスなど常時五～六個のメガネを併用しているから、このメガネレンズの度数を換えたら全部のメガネのレンズを換えることになる。だから、あまり適当なものを選ぶわけにもいかない。

何か釈然としない気分ではあったが、その日は取りあえず今まで通りの度数のレンズを頼み、後日また取りに来ることにしたのだが、あれこれ考えると、いずれ全部のメガネのレンズを換えることになるなら面倒でも専門の眼科で視力検査を受け、その診断書を元にレンズを換えたほうが良いだろうと思い始め、結局、それから二～三日して最寄りの駅前の眼科に出かけた。

比較的新しい眼科医院の中は小綺麗で、しかし、待合室を覗くと平日の午前中なのに待っている患者は一人もいない。藪かと思う。妙に人の多い受付カウンターで、

「メガネを作りたいので視力検査を頼みたいのですが」

と伝えると、一番手前にいた女性が、

「診断書は出ませんが、それで良ければ」

と言う。ふっと戸惑い、

「診断書がなくて、どうやってメガネを作るの……」

と聞き返すと、

「診断書は出ません」

と繰り返す。言い方が高飛車で態度も悪い。気まずい空気が流れる。と、隣に立っていた別の女性が、

「視力検査ならメガネ屋さんで出来ますから」

と言う。こちらの女性も高飛車で態度が悪い。

――そのメガネ屋の視力検査が頼りないから眼科に来てるのに。

と思いながら途方に暮れていると、その女性は、

「必要なら診察のときに先生の話をメモしてください」

と言う。医者の話を患者がいちいちメモするのか、と少々呆れたボクは診察を受けずにその眼科を出た。

その日は歩いて自宅を出たので、電話をするとサチが車で駅まで迎えに来てくれた。メガネのことではとにかくいろいろある。流石に面倒くさくなったボクは、

「メガネは元通りの度数でレンズを入れたのだから取りあえずはいいだろう、視力検査はまた別の機会にということにしよう」

と言って帰ろうとしたのだが、話を聞いたサチは、何故か、どうしてもボクを眼科に連れていかなければならないという使命感にでも取り憑かれたように、

「それなら、町外れの眼科クリニックに行きましょう」

と言い張る。そこは十数年前、この町に越してきたころに一度行ったことがある古くて薄汚れた感じの医院で、病院というより寂れた診療所という印象であったが、

――まあ、視力検査だけなんだから。

と、渋々了解してそこに向かった。

古びた木造の建物の一画にある眼科クリニックの待合室は、意外と混んでいて、見栄えが悪いわりには評判が良さそうだった。ボクは、

――視力検査だけだから、少々評判が良くて混んでいるよりは空いているほうが良いん

だが……。

などとボーッと考えながら待合室のベンチに座る。しばらく待っていると、丁度、ボクの直前に来たと思しき女性が看護師に症状の説明をしている。年配の女性は、

「駅前の眼科で白内障と診断されて薬を処方され、五年間ずっと通って薬を飲み続けているが、最近はテレビも見えなくなって……」

などと訴えている。しばらく待つとその女性は診察室に呼ばれた。ボクが呼ばれたのもほぼ同時だったから検査室の薄い壁を通して診察室の中の会話がはっきりと聞こえる。女性の白内障の症状は深刻なレベルまで進んでいるらしく、眼底にも別の病巣を抱えているらしい。女性の医師がけたたましい口調で、

「とにかく処置が必要です。すぐに白内障の手術をしてから眼底の精密検査をして……」

などと言っているのがよく聞こえる。深刻な診察結果に年配の女性が途方に暮れている様子がよくわかる。

そんな会話を聞き流しながら何の気なしに検査を受けていると、何故か、検査を中断

した看護師が表情を曇らせて、

「メガネは急ぎますか？」

と聞いた。ボクが、

「いや、特に急がないけど」

と答えると、看護師は、

「少し検査をしますから」

と言う。ボクは診察室前のベンチに座って少し待たされてから瞳孔を開く目薬を差され、また、少し待たされてから奥の診察室に呼ばれた。思いがけない成り行きに、

――いったい何だろう。

と怪訝に思っていると、幾つかの検査機器を巡って瞳孔や眼底の詳しい検査をされ、一連の検査が終わると、更に待たされてまた診察室に呼ばれた。

先ほど年配の女性患者にけたたましい勢いで病状の説明をしていた女性医師は、今度はボクの検査結果を見せながら何やら難しい名前の病名を告げたのだが、当の患者は狐につままれたような顔をしている。

――またか。

といった表情を浮かべた医師は今度はその病名を紙に書き、その紙をボクに手渡して、

「病名はこれ、オウハンショウシタイケンインショウコウグンです、加齢に伴って眼窩が後退して、癒着した硝子体が引っ張られて破れて……」

と難しい説明を始め、突然の事態に当惑するボクに、

「手術を受けるかどうかご家族とよく相談してください」

と続けたのだが、どうにも合点のいかない表情を浮かべるボクの様子に更に苛立った表情を浮かべ、最後は突き放すように、

「このまま放置すると失明の可能性があります」

と告げた。

診察室を出て当座の点眼薬を処方され、迎えに来たサチの車に乗り込んだボクは『黄斑硝子体牽引症候群』と書かれた紙を開いて途方に暮れた。

家に帰ってネットで検索してみるが、そこには当たり障りのない範囲で病状が説明されているものの、病状の進行の尺度や、手術の必要性や、緊急性のあるものかないもの

か、具体的なことはさっぱりわからない。

しかし、左目が悪いと考えて右目を瞑ると、確かに、左目は殆ど見えていない。本を開いても左目だけでは文字化けした記号が羅列しているだけで、どれだけ顔を近づけても全く判読出来ない。

多分、右目が見えていることで殆ど見えていない左目の視力をカバーしていたのだろう。しかし、事態がこうなってみると、あの駅前の眼科で視力検査を受けなかったのは不幸中の幸いだった。

もし、あの藪医者で診てもらっていたらいったいどうなっていたのだろう。ただの視力検査で終わっていたか、適当な病名をつけられて大量の薬を処方され、あの古ぼけた眼科で遭遇した年配の女性のように手遅れになるまで何も手を打てなかったかもしれないのだ。

結局、数日後に眼科クリニックとしては定評のある隣町の病院で診察を受けたのだが、再検査の結果告げられた病名はやはり『黄斑硝子体牽引症候群』で、それも、かなり進行しているとのことだった。

若い医師の所見は失明の危険性があるので手術が必要とのことで、ここでも一応、

「ご家族と相談してください」

とは言われたのだが、今回、この黄斑硝子体牽引症候群が見つかったのはどう考えてもただの偶然とは思えない。実際、ここに至るまでの経緯を一つ一つ思い返すとどうにも引っかかるものがあるのだ。この不思議な気分はいったい何だろうと考えた。

白内障の手術をしなかったために晩年のビィは目が見えず、そのことがボクの心をひどく苛んでいたこと、メガネのつるのカバーが壊れたのはそのビィが逝ったとき、焼き場に向かう朝のことで、結局、それが目の疾患が見つかるきっかけとなったこと、町内のメガネ屋でつるの修理が出来なかったこと、修理に出したメガネの修理が専門店の仕事としてはどうにもお粗末なもので、レンズが擦れて前が見えないほど傷ついていたこと、そのメガネレンズの交換で行ったメガネ店の視力検査がどうにも納得出来ないものだったこと、その視力検査のあとで行った駅前の眼科の対応が全く要領を得ないもので、結局、普段ならまず行かないような古ぼけた、しかし、今となると適切な医師の診察を受ける結果になったことなどなど……。

メガネの片方のつるのカバーひとつのことでずいぶんいろいろあったが、一つ一つ思い返すと、今回、目の疾患が見つかった経緯はどう考えてもただの偶然とは思えない。いや、偶然と言われればそうなのかもしれないが、この『黄斑硝子体牽引症候群』なる目の疾患は薄氷を踏むような偶然が重なりに重なって見つかったもので、実際、ああした偶然に偶然が重ならなければ目の疾患は見つからなかったはずなのだ。

ひとつタイミングが外れたらこの疾患は見つからないままだったかもしれないと考えると、やはり、何かに導かれているという実感があった。そして、そう考えると迷いはなかった。

サチに相談するまでもなくその場で手術を決めた。医師の説明では眼底の手術は大手術になるらしく、入院期間も概ね三週間程度の長期になるらしい。目を切開するという恐怖心はあったが、〈失明の危険性〉と言われれば選択の余地はない。

丁度、盆休みに入るので手術は休み明けすぐということになり、正式な手術の日取りは後日の連絡ということになった。

ビィとの再会

ビィが肉体を離れて四十日が経った。お骨を持ち、サチの運転で御社に行く。朝家を出て昼に着く。境内は静かで落ち着いてお参りが出来た。たまに来る参拝者も皆静かで気にならない。社務所で二十分ほど黙想し、除霊する。

隣に座るサチの呼ぶ声が聞こえる。ふと目を開けると、ボクの周りを白い蝶が舞っている。ボクとサチの間をしきりに行ったり来たりしていた蝶は、やがて、ボクの指先に止まった。胸の奥を温かいものが過ぎる。サチが、

「ビィだ!」

と言うと、一旦飛び立った蝶はサチの周りをまた舞った。蝶はボクたちから少し離れた境内の地面に下りてうずくまるように動きを止めた。

ボクたちにはその蝶がビィだという確信があった。白い蝶に憑依するビィの気配は消えそうに儚く、しかし、心の奥をふと過ぎるその温かいものからはビィが安らかであることが伝わってきた。やがて蝶は飛び立ち、そして、見えなくなった。

ボクたちは立ち上がり、上の社にお参りして、この世界ではない、そして、ボクらが

行くことの出来ないどこか別の世界に今はいるであろうビィが、安らかで幸せであることを祈った。胸の奥をあの温かいものがまた過ぎった。

ボクは憑依するものの除霊を、目の手術が成功し疾患が完治することを、サチの健康を、そしてビィが安らかで平和であることを祈り、お参りを終えてから社務所で黙想し、下の社にもお参りした。社務所から下の社に向かう途中の境内で死んだ蛇を見た。太い、腐りかけた蛇の死骸だと思ったが、異様に太いので脱皮した蛇の抜け殻のようにも見えた。何か、不思議なものを見せられた気がしたが、あまり太くて、グロテスクで、気味が悪いので出来るだけ見ないようにして通り過ぎた。

境内の片隅に何故あんなものがあったのか、その意味するものはわからない。蛇の死骸に見えたあれは、脱皮した蛇の抜け殻だったのかもしれない。斑の紐か、それとも、毛布の切れ端だったのかもしれない。

もしかすると、あれが今ボクの見ている恐怖のかたちだったのかもしれないが、いずれにしろ目に見える顕われを人の尺度で説明するのは難しい。ボクに言えるのはその日こんなことがあったということだけなのだから。

お参りを終え、バックパックをまとめて背に担ぎ、境内の端に立っていつものように上を見上げると、

「大丈夫だよ」

という声が強く、何度も何度も何度も降りてきた。目の手術のことだろうと思い、手術への不安がふっと緩んだ。

眼底手術

一週間後、サチと運転を交代しながらまた御社に向かう。今日は目の手術の成功と治癒の祈願なのでビィの遺骨は置いていくことにする。

家を出たのが朝十時ごろ、途中二度ほど休憩して御社に着いたのが昼の一時ごろ、社務所の縁側に座った途端に携帯が鳴る。電話は眼科クリニックからで、気になっていた手術と入院の日程の連絡だった。不思議なほどタイミングがいいと思う。

御社の境内は夏休みの喧噪から取り残されたように静かで、ボクたちの前にいた参拝者は一人、しかし、すぐにいなくなり、その後の参拝者はなく、落ち着いてお参りが出

来た。

社務所では二十分ほど黙想していつものように除霊する。一瞬、意識が遠くなるような浮揚感のあと二～三体の異物が抜ける感覚があった。黙想を終えて階段を上り、上の社に手術の成功と治癒を祈願する。

何かに守られている感覚があって、今は数日前までの恐怖心はない。お参りを終え、社務所に下りてまた黙想する。先日の蛇の死骸のことがあってサチは下の社にはお参りしたくないという。

ボクも先日の蛇の死骸の意味がわからず、下の社への参拝を躊躇う。結局、下の社への参拝は止めようということで一旦車まで下りるが、下の社の何かに強く引き止められた。

心に訴えかけてくるその脅迫とも圧力とも取れる声は強く、高圧的で、迫力があった。結局、去ろうとする者への恨みのこもった、ある種、悲鳴に近いその声に惹き戻されるようにボクだけは境内に戻った。

誰が掃除したのか、境内から下の社に続く途中の蛇の死骸とも抜け殻とも思しきものは綺麗に片付けてある。ボクはあの気味悪いもののあった場所を避けるように歩いて参拝し、手を合わせて手術の成功と治癒を祈願した。

ビィの避難

左目と右目の白内障の手術、その一週間後、左目の黄斑硝子体牽引症候群の手術、三週間入院して九月上旬に退院する。辛い手術だった。入院中三週間風呂に入らず、顔も髪も洗わず、戦災孤児のような気分になった、

退院後初めて御社に参ることにする。その前日、ふと考えた。肉体を離れたビィはボクに寄り添っている。しかし、この状態を憑依というのだろうか、それとも、寄り添っているという解釈でいいのだろうか、そう思うと突然不安になったのだ。

ボクは御社に参ると社務所に座って黙想する。取り憑いたものは境内に入るだけでスッと離れることもあれば、社務所の除霊で離れることもあり、時に、ひどく頑固で時間がかかることもある。

特に、悪意のあるものや、邪悪なもの、強くて頑固なものや、しつこいものは離れた

ように思ってもどこか内側に密かに潜航していて、上の社まで上がって手を合わせるとようやく離れる。

その際、離れては困るビィはどのような扱いになるのだろうと考え始め、そう考えると突然不安になったのだ。どさくさに紛れてビィまで祓われるのは困ると真剣に考えた。今までの経緯をよく知る御社の主がボクに寄り添うビィの霊を無下に取り祓うようなことはしないとは思うが、しかし、不注意に参拝したがためにその他大勢の霊や生き霊や人の思念などと一緒に祓われてしまったとしたら、掃除機で吸われるように十把一絡げで処分されたら……。そう思うと自信がなくなってきたのだ。

ひどく心配になり、やがて、ビィをそうした危険に晒すわけにはいかないと考え始めた。そして、そんな不安に追い立てられるように、取りあえず、明日だけでも安全なところに上げておこうと思った。

御社に行くのは明日だから時間がない。慌てて書斎に上がり、床に座り、傍らにビィの存在を感じるまで思念を集中した。やがて、ビィの存在を感じると、

「明日、伊豆の御社で祓われてしまったら大変だから取りあえず上に上がろう」

と説得した。ボクの言うことの意味がわかっているのかいないのか、しかし、取りあえずは素直なビィの身体を抱きかかえるようにして上った。迷うのが心配だったからその日はボクも一緒に上った。

どちらの方角かわからないが、それは、憑いたものを除霊するときの感覚に似ていたから三次元的に言うと上に上る感覚かもしれない。かなり時間をかけて上った。もうそろそろかなと思ったころ、何を思ったか、今までおとなしかったビィがむずかり出した。自分をどこへ連れていこうとしているのか、と不安になったのか、上るのが嫌だといって動かない。ボクは頑張って上に行こうとするのだが、ビィは散歩で何かが気に入らないときのように両足を踏ん張って抵抗する。そうなると前足を突っ張り、頑として動かない。

ここがどの辺りなのかがわからないが、時間的にはかなり来た感じがする。少し迷ったが、多分、もう大丈夫だろうと思い、結局、ビィはそこに置いてボクだけ下りた。取りあえず、危険からビィを遠ざけたはずだとは思ったが、何もわからないビィを理不尽に置き去りにしたようで心が痛かった。

翌朝、サチの運転で伊豆に向かった。退院後初めて御社に参る。目の痛みはまだあって物もよく見えない。御社には昼ごろ着いて社務所で黙想し、上の社に上って手術の無事と退院を報告する。帰りは駅に寄って入院中見舞いに来てくれた友人に土産を買い、ロードサイドのレストランで昼食を食べた。

霊能者である祐二さんは、頼めば犬や他の動物とも話が出来る。ビィが元気なころは彼が遊びに来るとビィと二人でよく話をしていた。大抵の情報は霊視で得るからだろうと思うが、普段、祐二さんはあまり電話を使わない。

その祐二さんが突然電話をよこした。家に着くとすぐに携帯が鳴った。電話に出ると、

「もしかして、ビィちゃん降りてきてる？」

と、少々切迫した声が聞こえる。

「え……？」

と返事に詰まるボクに、

「ビィちゃんが、まことさんもサチさんもビィちゃんがいることに気づいてくれないと言っていてね」

と、ホトホト困り果てた声を出す。

「とにかく、ボクのコートの裾を噛みちぎる勢いなものだから」

と窮状を訴える。ボクは上の中途半端なところに置いてきたビィが降りてきてずっと一緒にいたことを瞬時に理解した。

ビィは上にいると思い込んでいたボクたちがその存在に気づかなかったので迷い、生前、家によく遊びに来ていた祐二さんに必死で訴えたのだろう。ボクが慌てて呼び寄せると、置いてけぼりにされたビィのフラストレーションは収まり、電話口の祐二さんは、

「良かった」

と言って、事は収まった。まだ上に上りたくないビィは元通りボクたちに寄り添い、ボクは傍らにビィの存在を感じる元の生活に戻った。


退院後ひと月半になるが左目はまだ痛い。左目はいつも目の中に邪魔物がある感じがしてよく見えないし、メガネも作れないから視力も良くなった感じがしない。鬱々とした気分で電車に乗った。

伊豆にはここのところずっと車でサチが同行していたから一人で電車に乗って行くのは何ヶ月ぶりになるだろう。朝の電車に乗って、御社には昼少し前に着いた。

社務所の縁側で二十分ほど黙想する。魂が持って行かれるような浮揚感のあと内側に憑いていた異物が離れるのを感じる。何かはっきりとしないボワーッとした感じだったので確かではないが、多分、二〜三体だろうと思う。

内側が軽くなった気がする。石段を上り、手水舎で水を使い、上の社に参る。いつものように賽銭を投げ、鈴を鳴らし、二礼二拍手して、目の完治と、ビィが安らかで幸せであること、サチの健康と幸せを祈る。

念のため、また、除霊を祈るが、内側はもう空っぽで何もいなかった。お参りを終えて石段を下り、社務所に座って二十分ほど黙想する。境内は静かで落ち着いてお参りが出来た。

立ち上がるとふっと楽になっている。バックパックを肩に掛け、いつものように上を見上げると、

「元気出せよ」

という声が聞こえた。

それは学生時代の友達を励ましているような軽い言い方で、全然、〈神さま〉らしくないと思った。それは多分、自分の内側からの声だろうと思ったが、家に帰り、一日経って元気になっていることに気づいてから、あれが御社の言葉だったということに気がついた。

その日から目の痛みは治まった。

食道癌

ここのところ数週間、ものを食べると胸がつかえるような違和感がある。飲み物も飲みにくいので町の胃腸科クリニックで胃カメラを飲んだ。食道癌の疑いと診断され、腫瘍は切り取って病理検査に回され、数日後に悪性か良性かがわかるとのことだった。医師からは悪性腫瘍の疑いが強く、病状も進んでいる可能性があるとの説明があった。衝撃を受け、二〜三日はどうにも気持ちの整理がつかない。結局、報告と治癒祈願をかねて伊豆に出かけた。朝、急に思い立ったので用意していた御神酒を忘れる。

今日の境内は比較的静かで、社務所に座っているときに離れるものがあり、意味不明な不安感は消えた。社務所で黙想し、上の社に参り、境内に下りて見上げると、

「大丈夫だよ、怖れずに、運命に身を任せなさい」

という言葉が胸の奥に届いた。背負っていた肩の荷が少し軽くなったように思った。

夏の虫

一週間ほど経過したが、結局、胃腸科クリニックの病理検査では良性か悪性かの結論が出ず、紹介状を持って地元の大学病院を受診した。

大学病院では検査検査の日々が続いた。血液検査から始まってCT、超音波、内視鏡、レントゲン検査などなど、先週やったはずの検査をその翌週も繰り返すなどどうにも釈然としない。患者自身にもそれが必要なのか不必要なのかがわからない。

病院側としては高価な検査機器と検査スタッフを常に稼働させておきたい都合があるらしく、患者も担当医に指示された検査をやらないわけにはいかない。しかし、その膨大な検査結果が精査されている形跡はなく、検査結果の説明は概ねおざなりで、患者自

身に詳しく告げられることもない。

朝早い検査は辛く、ＣＴに使う造影剤の影響で蕁麻疹が出たり、他の薬剤の副作用で腸の働きが悪くなったり、便秘になったりで、通い続けるうちに病気になりに行っているのか治しに行っているのかよくわからなくなった。

結局、検査結果は食道癌のステージ二／三と判明し、ステージ二かステージ三かは転移の有無なので開けてみないとわからないとのことだった。医師からはまだ治癒の可能性が高いと告げられ、食道の切除手術と手術前の抗がん剤投与を薦められる。

ここのところずっと検査が重なったからか、病巣のせいか、精神的なストレスからか、体調はすこぶる悪い。気持ちの整理がつかずに気がふさぐ。特に、昨日今日は意味不明な恐怖感があるので思い切って伊豆に出かける。

行きはボクの運転で御社に着いた。社務所に腰を下ろすと小さな虫が纏わり付くように寄ってくる。一瞬、ヤブ蚊かと思い振り払うが妙にしつこい。どれもこの季節の虫ではない。晩秋のこの時期にこれだけ大量の虫が寄るのも解せない。

夏でも冷涼な境内の空気は御社を出た階段下の鳥居の外側よりは大分涼しく、晩秋のこの時期に夏の虫が飛び交うのは奇妙なことに思えた。実際、今までこんなことはなかった。

石段を上って上の社に祈願し、また、下って境内に立つ。今日は参拝者が多く騒々しい。集中出来ず、落ち着いて参拝出来ない。気持ちが乱れる。境内の端に立って心を澄ますが、今日は動揺しているせいか御社の声が全く聞こえない。

境内の端に立つとカナブンのような虫が身体に纏わり付くように飛んできた。手で払うと次の虫がまた不自然な近さに飛んでくる。反射的に手で払ってから、

——待てよ。

と思う。よく見ると白い綺麗な蝶だった。一瞬、この季節に蝶がいるはずがないと思ったが反射的に手で払ったあとだった。

季節外れの虫たちが不自然に寄ってくるのは御社が声を聞く集中力を失ったボクに何かを伝えようとしているのだろうとは思ったが、その真意がわからない。しばらく境内の端に立って待ったが、その日、それ以上の言葉はなかった。

樹木葬

食道癌であることがはっきりすると、今まであまり現実感のなかった死と向き合うことになった。身辺の整理を始め、ボクの死後、サチには幾ばくかの生活費が残るよう財産の全てを整理し、書き換えられるものはサチの名義に変えた。

中途半端にこの世に留まったビィはこのままに出来ないと思った。サチと相談し、近くの動物メモリアルパークで樹木葬にした。ビィのお骨を細かく砕き、メモリアルパークの敷地内に植えられた樹木の根元に散骨して、

「長い間、引き留めて悪かったね」

と詫びた。死んで三年も経つのに涙が出て言葉が続かなかった。

帰りはサチの運転で家に戻った。走り出してすぐに、揃えた前足を前方にいっぱいに伸ばし、揃えた後ろ足を後方にいっぱいに伸ばして大空に昇っていくビィの姿が見えた。それは、まるで月に向けて跳躍するウサギのようだった。

運転席のサチに、

「今、ビィが逝ったよ」

と伝えた。サチは、

「そう」

と言い、そして、

「良かった」

と付け加えた。

闘病

その年の正月早々から始まった抗がん剤治療は、医師の見立て違いだったのか、投与した抗がん剤が体質に合わなかったのか、それとも医療ミスによるものか、患者自身にはわからない要因で最悪の結果に終わった。

抗がん剤治療を開始して三日目の夜に体調の不良を感じて当直の医師に訴えた。しかし、投薬の中止には主治医の許可が必要だが、今はその主治医が非番で連絡が取れない、という無茶な理由で聞いてもらえない。朦朧とした意識の片隅で、

——だったら何のための当直医なのか。

と思ったが、その思いも混沌の中に紛れた。

実際、この大学病院では医師が入れ替わり立ち替わりめまぐるしく変わる。今回はこの医師が担当医と言われても次の診察には別の医師が担当したりするから、突然主治医と言われてもどの医者のことか見当がつかない。この深刻な症状を誰に訴えたらいいのかもわからない。

投薬の最終日のはずの日に、これが最後の投薬と告げられた。しかし、これが看護師の間違いだったのか、いい加減な説明だったのか、若しくは、担当医の意向だったのか、その後も投薬は継続された。

投薬を追加されるたびに身体を構成している器官の一つ一つが壊れていくのがわかった。はっきりと自分は壊れると思い、抗議した。しかし、混濁した意識下にあったボクの弱々しい抗議は無視され、何も手は打たれず、マニュアル通りか、若しくは、誤った処方による投薬は続けられた。

無茶な投薬を続けた結果は悲惨で、やがて、十二指腸潰瘍を併発し、内臓からの出血で血中のヘモグロビン値は異常に低下し、結局、意識障害を起こしてトイレで倒れた。

病院では命の危険のある患者や重篤な患者はナースステーションに近い病室に移されるという決まりになっているらしく、その日のうちにナースステーションの向かいの病室に移されたボクは心電図や訳のわからない計測機器に繋がれて、寝返りも打てない状態になった。

ベッドに括りつけられると状況はますます悪化した。投薬と輸血と内視鏡手術を繰り返したが体調は戻らず、痛みに眠れない苦しみと、大量に投与される薬物に混濁する意識の中で、多分、自分は死ぬのだろうと思った。死ぬなら家で死にたいと思い、

「家に帰してほしい」

と看護師に懇願したが、勿論、とても帰れる状況ではなかった。

インド占星術ではまだ数年先のはずだった死期の予測は全く外れていると思った。以前、伊豆の御社に言われた、

「大丈夫だよ、怖れずに、運命に身を任せなさい」

という言葉は真実味を失い、やがて、伊豆の御社でも間違うことはある、という思いに置き換わった。

病室は個室だったから携帯にかかってくる電話を受けることは出来た。ボクが癌だということを聞きつけて何人かの友人が見舞いの電話をくれたが、皆、今の重篤な病状を感じ取ったように思えた。祐二さんからも見舞いのメッセージが届いた。

「ビィちゃんが、まことさんがこっちに来るのはまだ早い、と言っていました」

という書き出しで始まるメッセージは、

「逝くのはまだ大分先のようです」

と続き、更に、

「何故と聞いたら、まことさんにはまだやることがあるから、そして、それはまことさんが知っていることだそうです」

という内容で終わっていた。しかし、今、死の間際にいると信じ込んでいたボクはビィの言う、

〈まだやること〉

とはいったい何だろう、と、ただ思い、しかし、

〈まだ大分先〉

という言い方も途方もなく長い時間に思えただけで全く励ましにはならず、ただ、

――祐二さんの霊視もあてにならない。

とだけ思った。

余命宣告

結局、当初の予定は一週間のはずだった入院期間はほぼ一ヶ月半に及び、入院時六十五キロあった体重は退院時には五十五キロまで落ちた。

入院前、見かけ上はほぼ健康体と言って良かった容姿は全く別人の、それも、重度の病人そのものになり、抗がん剤の副作用で髪の毛はなくなり、眼窩は落ちくぼみ、体力は歩くこともままならなくなり、退院時には要介護二に認定されるまで落ちた。

サチと隣人に抱えられるようにして家に帰ると、玄関に通じる階段には障害者用の手すりが設けられ、居間には電動の介護用ベッドが運び込まれていた。そして、これ以上生きようという気力は失せていた。

退院から一週間後に予定されていた外来患者面談には行ったが、勿論、この大学病院

で手術を受けるつもりはなかった。これ以上病状が進んで、食べられなくなったら食を断ち、静かに逝こうと覚悟していた。

結局、面談ではこの病院での手術と今後の治療を断った。その言葉にひどく機嫌を損ねた様子の担当医は、

「手術をしない場合の余命は三ヶ月」

と宣告した。その日はサチが前もって調べていた地元の在宅医に主治医を切り替える手続きをして病院を出た。

在宅医はまだ生きる可能性のある患者が手術を拒んでいることに当惑しているように見えた。医師は最初の往診で、

「ステージ二とか三の食道癌なら手術で完治します」

と言い、診察に来るたびにその言葉を繰り返した。理学療法士の友人は、他の病院でも手術を受けるよう長い時間をかけて説得を試みたが、ボクは頑固にそれを拒んだ。

初めは諦めていた様子だったサチも、ボクの食欲が細り、他に手立てがないことがわかると、手術か、最低でも放射線治療を受けるよう主張するようになり、その口調は日

に日に強くなっていった。

その日はサチの運転で伊豆に向かった。大学病院からの退院後一ヶ月半ほど経ってい
た。ボクは、これが最後の参拝になるかもしれないと考えていた。いつものように社務所で黙想し、上の社にお参りした。

賽銭を投げ、二礼二拍して手を合わせ、除霊と、ビィが安らかで幸せであるよう、サチが健康で幸せであるよう、そして、

「自力で食べられなくなったら食を断ち、衰弱死する道を選びます。静かに、安らかに逝けるよう見守ってください」

と祈願した。石段を下り、社務所でまた黙想した。瞬く間に時間が経ち、何か、最後の参拝にしてはあっけなく思えた。境内の端に立って上を見上げると、突然、

「人の生き死ににには係われない」

という言葉が胸の奥に届いた。謎めいたその言葉には何か、冷たく突き放すような響きがあった。意味がわからない。納得出来ないまま上を見上げていると、追い打ちをか

けるように、

「地元の大学病院には係わらないようあれだけ警告したのに」

と、次の言葉が降りてきた。ボクは、

――そんなことを言われた覚えはない。今日の御社はいったい何を言っているのだろう。

と怪訝に思いながら、車の中で待つサチにも言われた通りの言葉を伝えた。別の言葉を期待していた様子だったサチは、

「なにそれ……」

と言いながら意味不明なその言葉に一瞬不満げな表情を浮かべ、しかし、それ以上詮索することもなく、諦めたように車を発進させた。

病状の進行は思っていたより早く、一週間ほどすると固形物は食道を通らなくなった。医師から処方された専用の液状食が主食となったが、それもいつまで喉を通るかわからない。ボクは否応なく死と向き合うことになった。

死は誰にでも必ず訪れるものだとわかっている。概念上は魂の存在も、輪廻転生も、来世の存在も信じているが、死は未知の領域だった。自分が消えてなくなってしまうの

はやはり怖かった。サチは、

「このまま諦めるのは悔しい」

と言い、そして、

「セカンドオピニオンを受けよう」

と言い出し、調べに調べ、心当たりのあちこちに連絡を取って、結局、がん研に行き着いた。サチはとにかく必死だった。見ていて可哀想になった。

セカンドオピニオンの診察予約は思いのほかスムーズに取れて、申し込んだその数日後にはがん研に行くことになった。そのころは液状の専用食も喉を通りにくくなっていた。

セカンドオピニオンにも、これ以上の治療にもあまり乗り気ではなかったボクは、内心、前の大学病院と同じようなことを言われたり、また検査漬けになるようなら、その日から食を断とうと決めていた。

しかし、あまり期待していなかったがん研の対応は良かった。前の病院とは違い、外来で何時間も待たされるようなこともなく、担当医師がその日限りということもなく、対応した医師は日本では食道癌の第一人者といわれる専門医で、その所見は的を射て明瞭だった。

「今のステージで治療を放棄するのは全然早い。放射線治療も出来ますが、今の段階であれば手術で完治します」

と断言した医師の言葉からは何の気負いも思い入れも感じ取れない。ごく当たり前のことのように訥々と語るその言葉は信頼出来ると感じた。あれこれ迷っていても仕方がない。結局、九日後に入院、その翌日に手術と決まった。ボクは生きることを選んだ。

食道全摘

食道の切除手術は七時間を超える大手術となった。術後三日ほど集中治療室に入り、その後、一般病棟に移されたが、術後の経過も概ね順調だったので手術から三週間後には退院した。

医師からは癌がリンパ節に転移していたので結果的にステージ三だったということ、また、今回の手術ではリンパ節の癌細胞まで取り切れなかったので、再発や転移については今後の推移を見る必要があるという説明を受けた。

手術前五十五キロあった体重は、退院時には、更に五十キロまで落ちていた。食道を切除したため退院後はものが食べられず、食べてもその食べ物がすぐ小腸に到達してしまうためにダンピングという症状が出る。

ダンピングが出ると気分が悪くなって吐き気がし、身体が熱くなって発汗したり、寒気がしたりで、食べたあとは二〜三時間動けない。特に、朝食後は全く動けず殆ど意識を失う。自分でも寝ているのか気絶しているのかよくわからない。

退院後は管を通して腸に直接栄養分を流し込む腸ろうと少量の液状食で命を繋いだ。腸ろうは一ヶ月ほどで取れ、少し食べられるようになったが、術後三ヶ月ほどは口を通して食べることも飲むことも苦しく、生きている実感はまるでなかった。

身体を横にして寝たり、明け方になると、もうないはずの胃から胃液が逆流し、苦しくて目が覚める。術後三ヶ月ほどは手術を受けたこと、生き長らえたことを後悔し、

――いっそのこと終わりにしたい。

と何度も思ったが、サチの機転と介護で生き、担当医の言葉で正気を保つことが出来

た。サチが術後鬱と呼ぶその精神状態は三ヶ月ほど続き、体重は更にまた落ちて五十キロを切った。

治癒

夏の日の夕方、風呂に浸かりながら、ふと、

——困った。

と思った。突然、自分が治ってきている、と感じたのだ。病院を替えて食道癌の切除手術を受けたのが四月だから、手術から概ね三ヶ月半が経過していた。

地元の大学病院に入院していたときは自分が死ぬと思っていた。その大学病院から退院したあとは手術を断念し、食を断って死ぬことばかり考えていた。伊豆の御社にも安らかな死を祈願した。

癌の切除手術を受けたときもその後も半信半疑で、まさか、ここまで回復するとは思ってもいなかった。そのころは生きる意志も乏しく、生き続ける気力もなく、どの友人知人から連絡を受けても殆ど上の空で、

――この人との会話はこれが最後になる。

と思いながら話をしていたから、今更、気持ちを切り替えるのは簡単ではなかった。

ボクは風呂から上がり、

――次はあの人たちとどんなふうに話をしたらいいのだろう。

と途方に暮れた。すぐ隣にいたはずの死が遠くなったと感じた。


回復を実感すると、すっかり変わってしまったと思い込んでいた世界が少しずつ元に戻るのを感じた。少しして絵を描き始めた。初めは十分ほどしか集中出来ず、すぐに横になったが、翌週にはそれが三十分になり、やがて、一時間になった。

描いてみると絵の出来不出来はあまり重要ではなかった。良く描けた描けないではなく、人に認められる認められないでもなく、好きな絵が描けることが幸せなことなのだということに初めて気がついた。

手術から五ヶ月ほど経つと文章を書くことが出来るようになった。文章とはいっても創作と日記の中間にあるもので、以前から書きたかった物語のプロットを思いのまま書き綴ったり、あるときは言葉の断片やスケッチのようなものであったり。

パソコンの前に座ると、文章の出来不出来ではなく、人に評価される評価されないでもなく、書きたい文章が書けることが幸せなことなのだと気づき、そう考えると何か自由になったような気がした。

参拝

その日もサチの運転で伊豆に向かった。御社に着いたのが昼過ぎ、概ね八ヶ月ぶりになる。社務所に座り、二十分ほど黙想した。ふっと気の遠くなるような浮揚感があって、憑いているものが二つ三つ離れるのがわかった。

歪な石が整然と並べられた石段を一段一段踏みしめるようにゆっくりと上り、上の社に手を合わせた。今となると、去年の末、この社の境内で虫が大量に寄ってきて不思議に思ったことと、前回、ここに来たときに聞こえた、

「地元の大学病院には係わらないようあれだけ警告したのに……」

という言葉が重なった。

あのときは食道癌と診断されてひどく動揺し、聞く力を失ったボクの周りには季節外れの虫が集まった。あれは御社が病院を選び直すよう強く警告したのだろうと思う。しかし、食道癌の宣告に動揺していたあの日のボクには伝わらなかった。

地元の大学病院を退院したあとにこの場所を訪れた日の、

「人の生き死ににには係われない」

という冷たく突き放した言い方も、いざとなれば食を断って死のうと考えていたボクの気持ちを戒めるための言葉だったのだろうと思う。それは、

『生きろ』

ということだったのだろう。それを理解するのにずいぶん時間がかかった。

振り向くと御社の裏から続く木々の遙か向こうに伊豆の海が見える。海は秋の日に照らされてキラキラ輝いている。見下ろすと、苔むした境内は閑散として今日も人気がない。季節は巡り、気がつけば食道癌の宣告を受けてから一年が経っていた。

了

あとがき

祠

プトレマイオスの宇宙論がどうであろうと、コペルニクスが地動説を唱えようと、アインシュタインの相対性理論や最新の量子力学が何をどう説明しようと、ボクにとってその世界は複雑に交錯した多重世界なのだ。だから、宇宙や夜空に輝く星々が構成する物質世界や、五感に感じるこの時空が世界の形とはどうしても思えない。

ましてや、惑星探査や、宇宙の成り立ちや、ビッグバンや、たまに放映される星々の壮大な物語を見ても聞いても、人間の想像力の範疇をウロウロしているだけに思えてさっぱり興味が湧かない。そして、〈宇宙の果てはどこまで〉とか、〈世界の果てはどこまで〉とか、〈銀河の果てまで百三十八億光年〉とか〈宇宙の寿命は〉とかいった論議にはどうにも馴染めない。

この世界に物理的な形はないし、その形らしきものの断片を見せられてもそれはボクたちの思考の範疇を遙かに超えている。だから、それを物語にしようとすればひどく言葉足らずのものになるし、読むものにとっては説明にさえならない。言葉にすれば稚拙であるが、多分、これが世界なのだろうと思う。

木々のささやき

多少の脚色を施したこれら三つの物語は概ね実話である。大方の人々は木や草花は林や森や草原を動けず、知性とコミュニケーションの能力を持たない、動物たちより劣る生命体と考えているふしがある。

無数の生命体が溢れたこの星の真の支配者は誰なのだろう。それは、この星に寄生し、ことあるごとに殺し合い、結局、この星そのものを破壊し尽くそうとするボクたち人類ではなさそうだ。

この物語では、実のところ、植物はより精妙な意識を持ち、繊細な感性と優れた知性とコミュニケーション能力を持ち、恐怖や憎悪、嫌悪感や、不安や、悲しみや、喜びや、そして、好意や愛情や、およそ、人の持つ全ての感情を持ち、時に、底意地の悪い生命体でもあることを書きたかった。ボクにとって世界は不思議に満ちている。

不思議と出逢うところ ——ゾーン——

ボクたちは概ね二つの世界に生きている。朝、目覚めてからの日々の営みの中の生活者として生きる世界。起承転結がはっきりとしていてリアルだ。一方、夜、ベッドに横になり、眠りに落ちてから見る夢の世界は因果関係が曖昧で、何もかもあてにならない。大体、目覚めたときには概ね忘れているし、憶えていても説明がつかない。しかし、二つとも〈生物学的に〉生きている世界だ。

ゾーンに入ったときの感覚はそのどちらにも属さないように思える。ゾーンの中では時の感覚がなくなるから時間の経過がはっきりしない。出来事も曖昧模糊として取り留めがない。しかし、夢とは違う現実感がある。

大方の場合、その体験は自分にも人にも説明が出来ないから概ね初めからなかったことにしてしまう。それは〈気のせい〉だったり、〈思い違い〉だったり、〈気の迷い〉だったり、時には〈心の病〉として処理され、概ね、あったのかなかったのかわからないような遠く淡い記憶の片隅に押しやられる。
この物語では心の奥に残像のように残るそんな体験の幾つかを書き残そうと考えた。

埜田さんの形見

首都圏の西の端にある一地方都市の外れにあったあの路地は、十年ほど前に大規模な再開発事業が始まって跡形もなくなった。昼間でも酒臭いあの裏通りも店舗も雑居ビルもなくなり、埜田さんの残した熱帯魚センターの辺り一帯の小店舗や飲み屋も一切合切取り壊されて高層マンションの敷地になった。埜田さんの家族はそれを機に店をたたみ、同じ町内の東側に居を移した。今、あの場所に埜田さんの生きた痕跡はもうない。

伊豆の御社

五つの物語はここで終わる。この物語でボクが書きたかったのは、語り手であるボクと人ならざるものの心の交流であり、肉体を離れたビィとボクとの魂の交流である。そして、これは後半生を一緒に生きたサチとボクの物語でもある。

ものごとの意味とは形而上学的な概念だから、人生に意味を見いだすことはとても難しい。つまり、人生に特段の意味はないのだ。そう考えるとずいぶん楽に生きられるような気がする。しかし、今のボクには生きることは全く無意味ではないようにも思えるのだ。

〈著者紹介〉
ほそやまこと
1949年神奈川県生まれ。成城大学文芸学部芸術学科卒業後、会社役員を経て1991年(有)オフィスホソヤを設立。ドイツのDr. K. Sochting Biotechnik GmbHより水化学関連技術を導入して観賞魚・農業・一般水処理のエリアにて注目され、その業績によりニュービジネス大賞奨励賞、アントレプレナー大賞奨励賞等を受賞。

1993年ウォーターフォーラムにて研究発表、1995年機能水シンポジウムにて研究発表等、水環境化学分野の研究・講演活動に携わる傍ら“アクアリストのための濾過＆水質教室”“養鶏管理における水環境整備”など水技術関連著書の執筆を手掛ける一方、エッセイ・小説等の著作多数。第12回銀貨文学賞入選。著書に『ランブル坂の妖精』（東京図書出版）など。

その後、環境事業関連法人の技術顧問を務める。同時期からインド占星術を通じてヴェーダンタの世界観に傾倒し、2001年から2020年にかけてヴェーダ占星学研修セミナー、ギータ勉強会、ヴェーダンタ勉強会・パラヴィッディヤーケンドラム、東京ヴェーダンタキャンプ、広島＆東京ヴェーダンタキャンプ等に参加する傍ら、インド占星学（Jyotish）の指導と鑑定に携わる。現在は神奈川県在住、執筆と細密画による創作活動に携わっている。

画歴
2014年、抽象画家の四谷明子氏（春陽会会員）に師事し細密画の技法を学ぶ。2018年7月FUKUIサムホール美術展「アルフレーム賞」受賞、2018年8月第2回日美展入賞。

伊豆の御社（いずのおやしろ）

2024年4月19日　第1刷発行

著　者　　ほそやまこと
発行人　　久保田貴幸

発行元　　株式会社 幻冬舎メディアコンサルティング
〒151-0051　東京都渋谷区千駄ヶ谷4-9-7
電話　03-5411-6440（編集）

発売元　　株式会社 幻冬舎
〒151-0051　東京都渋谷区千駄ヶ谷4-9-7
電話　03-5411-6222（営業）

印刷・製本　中央精版印刷株式会社
装　丁　　堀 稚菜

検印廃止

Printed in Japan
ISBN 978-4-344-94978-2 C0093
幻冬舎メディアコンサルティングＨＰ
https://www.gentosha-mc.com/